Meereshass

Silas Wolf

Meereshass

Die Toten vom Ostseegrund

PAHLBERG

Silas Wolf

www.silas-wolf-thriller.de
www.facebook.com/SilasWolfThriller
Instagram: @silaswolfthriller

Lizenzausgabe des Pahlberg Verlags, ein Imprint des Belle Époque Verlags, Inh. G. Pahlberg, Wiesenstr. 7, 72135 Dettenhausen, mit freundlicher Genehmigung des Autors.

Lektorat und Korrektorat: Julie Roth
Innenlayout und Schriftsatz: Hans-Jürgen Maurer
Covergestaltung Catrin Sommer/Rauschgold Coverdesign
Bild: Shutterstock @m.mphoto

Herstellung: Custom Printing, Wał Miedzeszyński 217/1, 04-987 Warszawa, Polen

ISBN: 978-3-98845-142-2

Orte der Handlung

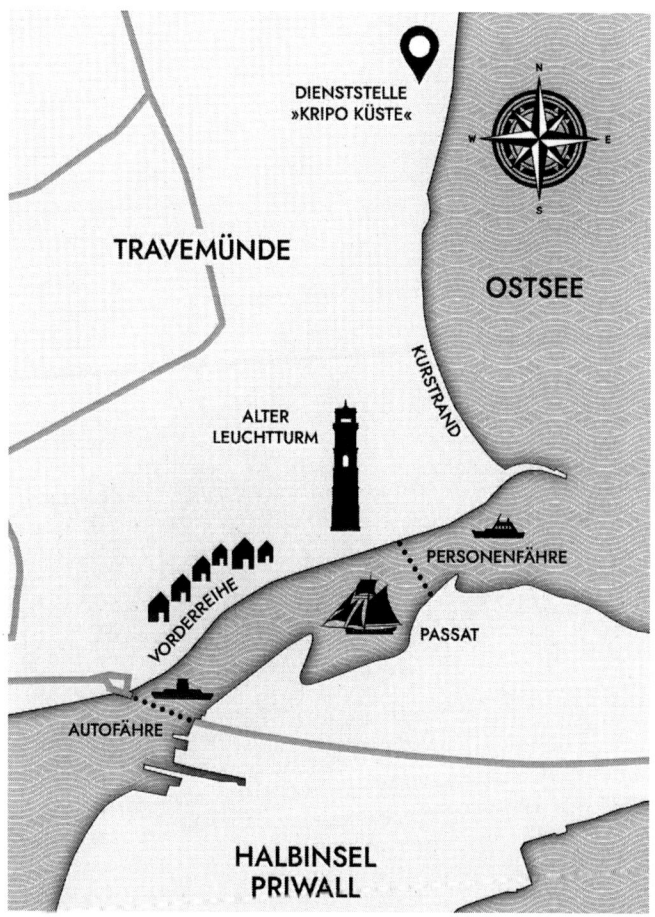

Die meisten Orte – wie der alte Leuchtturm, die Passat, die Fähren, die Flaniermeile »Vorderreihe« oder das Restaurant Casablanca – existieren wirklich. Einige Gebäude wie die umgebaute Scheune, in der die Außenstelle »Kripo Küste« untergebracht ist, habe ich mir ausgedacht.

Kapitel 1

Max Mangold

Leichte Böen wirbelten gelbes Laub durch die Luft. Die Blätter der mächtigen Eichen und Buchen segelten hinab in den Garten der Villa Seestern.

Flugblätter, die die Ankunft des Herbstes verkündeten.

Seit 150 Jahren stand das Haus aus der Gründerzeit an der Kaiserallee in Travemünde. Einst war es das Zuhause reicher hanseatischer Kaufleute gewesen, in den 1990er-Jahren war es zu einem kleinen Hotel umgebaut worden. Der Garten grenzte direkt an die Strandpromenade des berühmten Seebades. Damit boten die zwanzig Zimmer den Gästen eine exklusive Lage.

Eine Lage, die ihren Preis hatte.

Einen Preis, der Max Mangold nicht kümmerte. Der 36-Jährige war erfolgreicher und gut bezahlter Manager einer süddeutschen Autohauskette – und einer der besten Triathleten Deutschlands.

Mangold trat an das Fenster seines Hotelzimmers und blickte hinaus auf die Ostsee. Ein grauer Wolkenschleier lag über dem Meer. Es nieselte.

Der Regen würde nicht so schnell aufhören, doch das war ihm egal. Er würde ohnehin nass werden. Dreimal im Jahr kam er zum Schwimmtraining an die Ostsee: im späten Frühjahr, im Sommer und Anfang Herbst. Dieses

Mal war der Start in den Oktober ungewöhnlich warm gewesen, das Wasser hatte noch eine Temperatur von vierzehn Grad.

Jeder normale Schwimmer wäre nach kurzer Zeit dennoch den Kältetod gestorben. Nicht aber Mangold. Er hatte die perfekte Ausrüstung.

Entschlossenen Schrittes ging er zum Kleiderschrank und holte den *Aqua Shark Racero V7* heraus. Mit geübten Bewegungen schlüpfte er in den hautengen Ganzkörper-neoprenanzug, schnappte sich das Hotelhandtuch und seine Schwimmbrille vom Bett und verließ das Zimmer.

Absichtlich nahm er den Weg durch den Frühstücks-saal, in dem rund ein Dutzend Urlauber vor Marmela-denbrötchen und Rührei saß. Mangold drückte seine muskulöse Brust raus und genoss die anerkennenden Blicke der anderen Gäste. Der trainierte Sportler ging nicht, er stolzierte durch den Raum und die Lobby, bis er den Garten erreichte.

Keine zwanzig Schritte, dann hatte Mangold die Promenade überquert und stieg die steinernen Stufen zum Strand hinunter. Nur ein paar Spaziergänger mit ihren Hunden waren bei dem nassen Wetter unterwegs. Mit dem Ende der Hauptsaison war auch das Hundeverbot am Strand aufgehoben worden.

Mangold beachtete die anderen Menschen nicht und ging direkt auf den Badesteg hinaus. Die Ostsee schwappte träge gegen die hölzernen Pfähle, der Herbst-wind erschuf einen leichten Seegang. Das Handtuch ließ Mangold auf einer Sitzbank zurück. Ohne zu zögern, stieg er die Badeleiter an der Spitze des Stegs hinab und ließ sich ins Wasser gleiten. Die Schwimmbrille schob der Sportler über die Neoprenhaube vor seine Augen und tauchte ab, um zu prüfen, ob kein Wasser eindrang. Alles saß perfekt. Die Sicht unter Wasser war klar, viel besser als im Sommer, wenn die Hitze die Algen und Mikroorganismen im Wasser blühen ließ. Mangold sah die Muscheln und Steine auf dem Grund in etwa zwei Metern Tiefe. Ein kleiner Fisch flüchtete in schnellem Zickzackkurs.

Gerade wollte Mangold auftauchen, als er unter Wasser den Blick nach rechts in Richtung des Steges wandte.

Der Schreck ließ ihn unwillkürlich zurückzucken. Mit den Beinen stieß er sich vom Boden ab und schoss aus dem Wasser wie ein springender Delfin. Sein Atem ging stoßweise.

Hatte er das richtig gesehen?

Oder spielte sein Geist ihm einen Streich?

Mangold hielt den Kopf noch einmal unter die Wasseroberfläche und sah in Richtung des Steges.

Er hatte sich nicht getäuscht. Ihm wurde schwummrig und unter dem Neoprenanzug breitete sich vom Kopf bis zu den Füßen eine Gänsehaut auf seinem Körper aus.

Ein Mann saß am Fuß des Pfeilers auf dem Meeresboden. Sein Gesicht war schneeweiß, die Augen weit aufgerissen und glasig. Sie erinnerten Mangold an die großen Murmeln, mit denen er als Kind gespielt hatte. Algen hatten sich in dem langen Vollbart des Mannes verfangen. Die rechte Hand wurde von der Unterströmung der Wellen hin und her bewegt. Es sah aus, als würde der Tote ihm zuwinken.

Das Blut sackte hinab in Mangolds Beine. Gleich

würde er ohnmächtig werden. Er musste hier raus. Mit einem letzten Energieschub riss er sich von dem schrecklichen Bild los, kam an die Wasseroberfläche und griff nach der untersten Stufe der Leiter. Mühsam, als wäre er die 500 Meter, die er sich vorgenommen hatte, wirklich geschwommen, kletterte er nach oben und ließ sich auf die Plattform fallen. Sein Herz hämmerte hart gegen seine Rippen.

Weit über tausend Kilometer war er in den vielen Jahren seiner Sportlerkarriere schon in offenen Gewässern geschwommen.

Nie zuvor hatte er eine Wasserleiche gefunden.

Bis heute.

Kapitel 2

Sönke

Endstation. Sönke Petersen stieg aus dem Regionalzug auf den ausgetretenen Bahnsteig. Nach wenigen Schritten hatte er die übersichtliche Empfangshalle erreicht. Kurz blickte er über die Schulter. Der Zug setzte sich schon wieder in Bewegung und ratterte zurück in Richtung Lübeck. Von dort würde er weiter nach Hamburg fahren. Keine drei Minuten hatte der Lokführer in Travemünde gehalten.

Es ist, als wollte er von hier fliehen.

Die Strecke nach Hamburg war die, auf der Sönke gekommen war – und die er so schnell nicht mehr zurückfahren würde. Hamburg war jetzt Vergangenheit.

Empfand er Wehmut? Oder eher Freude?

Sönke zuckte mit den Achseln. Keine Ahnung. Über seine Gefühle war er sich noch nicht im Klaren. Wie so oft in seinem Leben.

Zögernd trat er aus dem Travemünder Bahnhof hinaus auf den Vorplatz. Direkt vor seinen Füßen stritten sich zwei Silbermöwen laut kreischend um den kläglichen Überrest eines Mettbrötchens, das plattgetreten auf dem Asphalt lag.

Der Klang der Heimat, dachte er.

In Hamburg hatte es auch Möwen gegeben, aber Sönke hatte immer das Gefühl gehabt, dass sie hier di-

11

rekt an der Ostsee besonders zahlreich und angriffslustig waren. Vielleicht lag es an seinen Kindheitserinnerungen. Wie oft hatte er an der Travemünder Vorderreihe, der Einkaufsmeile direkt am Hafen, seine Eiswaffel gegen die zudringlichen Seevögel verteidigt? Es waren unzählige Male gewesen. Da war er noch in die Grundschule auf die »Schule am Meer« gegangen und die großen Möwen waren ihm wie riesige Flugsaurier vorgekommen.

Unschlüssig blieb Sönke stehen und blickte hinüber zum ehemaligen Casino, das jetzt ein Hotel beherbergte, und zu der Strandpromenade. Ein leichter auflandiger Wind trug den Geruch von Meersalz und angeschwemmten Algen herüber. Die Ostsee war nur ein paar Hundert Meter entfernt. Sönke hob die Nase in die Luft und schnupperte.

Der Duft der Heimat.

»Kannst den Riechkolben rünnernehmen, ik heff noch keen Middagessen fardig.«

Sönke fuhr herum.

»Tante Alva!«

Ihr Lockenkopf war grau geworden, aber seine Tante hatte trotz ihrer siebzig Jahre immer noch die roten Bäckchen und das verschmitzte Lächeln eines kleinen Mädchens, das einem gerade einen Streich gespielt hatte. Und sie sprach immer noch ihren eigenen Slang aus Norddeutsch, Plattdeutsch, Hamburgisch, Hochdeutsch und irgendetwas dazwischen.

»Warum schaust du so überrascht? Ik lat mi dat natürlich nich nehmen, mien Neffen persönlich vun'n Bahnhof aftuholen. Willkamen vun Harten.«

Sönke grinste entschuldigend und hob fragend die Hände. »Vun was?«

»Willkamen vun Harten, min Jung. Willkommen von Herzen.«

Sönke lachte. »Danke schön, Tante Alva! Aber könntest du für mich den plattdüttschen Anteil etwas runterfahren?«

»Aber normales Norddeutsch kannst du noch verstohn, oder?«

»Jo klar!«

»Ik versuch dat mol, aber versprechen kann ich nix«, sagte Alva.

Sönke nahm seine Tante in den Arm und drückte sie. Er konnte ihre Herzenswärme förmlich spüren. Der Anflug eines schlechten Gewissens überkam ihn. Vor fünf Jahren, direkt nach seiner Polizeiausbildung, war er in die Großstadt gegangen. Danach war er nicht oft zu Besuch in der Heimat gewesen, obwohl es ja nicht weit war. Mit dem Zug etwa eineinhalb Stunden von Hamburg bis Travemünde. Nur fünf-, vielleicht sechsmal hatte er seinen Geburtsort besucht. Sönke hatte etwas Abstand gebraucht.

Na ja, nun war er hier. Und nicht nur zu Besuch.

Sönke Petersen war zurück in Travemünde.

Die Polizeidirektion Lübeck hatte eine Außendienststelle »Kripo Küste« eingerichtet, die die kriminalpolizeiliche Arbeit an der Lübecker Bucht von Travemünde bis hoch nach Fehmarn übernehmen sollte. Auf diese Weise sollte die chronisch unterbesetzte Kriminalpolizei in Lübeck entlastet werden, die das Gebiet die letzten Jahrzehnte mitbetreut hatte. Für den Außenposten waren zwei Planstellen ausgeschrieben worden.

Sönke hatte sich sofort beworben. Nicht weil ihm das Großstadtleben zu viel geworden wäre, sondern wegen Britt, seiner Partnerin bei der Hamburger Mordkommission.

Sönke sah sie vor sich, als stände sie neben ihm. Athletisch, mit braunem Pferdeschwanz und immer einem Lächeln auf den Lippen. Er seufzte. Hatte er damals Abstand zu seiner Travemünder Heimat gebraucht, benötigte er jetzt dringend Abstand zu Britt in Hamburg.

Zum Glück hatte es mit der Bewerbung gleich geklappt. Seine Ortsverbundenheit und seine Kenntnis des Lokalkolorits hatten den Ausschlag gegeben. »Der Petersen hat Stallgeruch, das ist einer von den Küstenjungs. Lass den mal nehmen«, hatte der Polizeidirektor gesagt.

Tante Alva riss in jäh aus seinen Gedanken.

»Bist immer noch ein langer Schlaks, hast aba'n lütten Bierbauch kreegen.« Sie strich ihm zärtlich über die kleine Kugel über seiner Hüfte.

»Na ja, mit fünfunddreißig darf man auch ein bisschen kräftiger sein als mit zwanzig«, rechtfertigte Sönke sich.

Tante Alva musterte ihn weiter, von den Zehen bis zu seinem strohblonden Scheitel auf 1,98 Meter Höhe – für die zwei Meter Körpergröße hatte es nicht ganz gereicht. »Du künnst och mol wedder to'n Frisör gehn. Na jo, ik kann di ok de Haare schneiden.«

Sönke zuckte innerlich zusammen. Als ihm Tante Alva das letzte Mal die Haare frisiert hatte, war er zwölf Jahre alt gewesen und hatte anschließend eine Pisspottfrisur gehabt. Er war ohnehin schon nicht unbedingt der Frauentyp Nummer eins – trotz seiner Größe. Woran es lag, wusste er selbst nicht. Vielleicht weil er manchmal die Schultern hängen ließ oder wegen der etwas zu großen Nase? Wahrscheinlich aber vor allem, weil er sich, sobald er eine Frau traf, die er toll fand, in einen unbeholfenen Tüffel verwandelte, dem es schwerfiel, die richtigen Worte zu finden. Wie auch immer: Ein Haarschnitt von Tante Alva würde seine Chancen beim weiblichen Geschlecht mit Sicherheit nicht erhöhen.

Als hätte die alte Dame seine Selbstzweifel erahnt, legte sie mit der nächsten Frage nach: »Hest du denn in Hamburg 'ne Fründin kreegen?«

Sönke schnaufte. »Lass uns erst mal nach Hause gehen. Da können wir dann in Ruhe Tee trinken und schnacken.«

Alva grinste.

»So mook wir dat. Aber wat is das?« Sie zeigte auf sein Gepäck.

»Ein Rollkoffer, was sonst?«

»Nee, ik meen dat in de andere Hand.«

Er hob die graue Transportkiste aus Plastik etwas an und atmete schwer ein und aus. »Tja, wie soll ich es sagen? Das sind Sheila-Brigitte und Marlon-Günther.«

Tante Alva machte große Augen. »Wat?«

»Meine Meerschweinchen.«

Seine Tante schüttelte den Kopf und griff ihn am Arm.

»Kumm, Jung, wir gehn na Huus, ik glaub, wir haben viel zu beschnacken.«

Kapitel 3

Sönke

Als sie am Maritim Hotelhochhaus und dem Lotsenturm vorbeigeschlendert waren, sah Sönke sofort die roten Backsteinziegel des alten Travemünder Leuchtturms in den Himmel ragen. Mit seinen stattlichen 31 Metern Höhe war der älteste Leuchtturm Deutschlands schon von Weitem zu sehen. Seit fast 500 Jahren stand er fest an seinem Platz. Heute war er außer Betrieb und eine Touristenattraktion. Tante Alva lebte im direkt an den Turm angrenzenden Haus ihres Vaters, der der letzte Leuchtfeuerwärter gewesen war. Noch als Sönke ein kleiner Knirps gewesen war, hatte seine Tante ihm die richtigen Begriffe eingeschärft.

»Mien Jung, dat heet Leuchtfeuerwärter und nicht Leuchtturmwärter, denn mien Vadder hett ja für die Schiffe auf dat Feuer aufgepasst und nicht auf den Turm.«

Seine Tante passte jetzt auf die Touristen auf. In der Saison saß sie von morgens bis abends an der Kasse vor dem Eingang, kassierte den Eintritt und erzählte den Besuchern mit Begeisterung von der Geschichte »ihres« Leuchtturms.

Alva schloss die Holztür zum Wärterhaus auf. »Kumm rin!«

Das Haus war größer, als es von außen aussah. Es gab

eine gemütliche Wohnstube, von der Alvas Schlafzimmer und die Küche abgingen. Vor dem Herd stand immer noch der alte quadratische Esstisch, an dem sie ihm als Kind und Jugendlichem bestimmt hundertmal ihr berühmtes Labskaus serviert hatte. Immer wenn er nach der Schule zu ihr gegangen war, um die Hausaufgaben zu machen.

Von der Küche führte eine weitere Tür in einen großen hölzernen Anbau, der einen eigenen Hinterausgang zum Garten hatte. Diesen Raum hatte Tante Alva bis vor ein paar Jahren noch als Ferienzimmer vermietet. Doch heute genüge er nicht mehr den gewachsenen Ansprüchen der Touristen, hatte Alva Sönke am Telefon erklärt. Deshalb konnte er dort wohnen, bis er eine eigene Wohnung in Travemünde gefunden hatte – was bei der derzeitigen Immobilienlage kein leichtes Unterfangen sein würde.

Tante Alva drückte ihm zwei Schlüssel in die Hand.

»Hier, damit kannst du über die Hinterdöör in dein Reich kommen und gehen, wie du magst, und auch die Tür zur Küche hin absperren, wenn du mal deine Privatsphäre brauchst. Ich kann nämlich nich' dafür garantieren, dass ich nich' sonst mal so aus Gewohnheit plötzlich in dien Zimmer komm. Und wenn du dann gerad' Damenbesuch haben tust … Also schließ mal lieber ab.« Sie zwinkerte ihm vielsagend zu.

»Tante Alva, bitte!«, protestierte Sönke. Er spürte, wie er rot wurde, und öffnete schnell die Tür zu seinem neuen Reich. Ein Blick genügte, um zu sehen, warum es mit der Vermietung nicht mehr so gut lief. Während das Haupthaus zwar auch alt, aber gemütlich eingerichtet war, mit Delfter Fliesen an den Wänden, einem großen Dielenschrank und schweren Vorhängen, war der Anbau Anfang der 80er-Jahre entstanden. Und so sah es darin auch aus.

Eine echte Zeitkapsel. Leider.

Sönkes Blick fiel auf eine dunkle Mahagonischrankwand, eine abgewetzte rote Kunstledercouch und einen einfachen Kiefernholzschreibtisch vor dem Fenster zum Garten. Wenigstens war das Fenster groß. Wenn man den hässlichen mit grünen Karos gemusterten Vorhang zur Seite schob, gab es den Blick frei auf die Travemündung und die ein- und ausfahrenden Containerschiffe. In der hinteren Ecke war ein kleines eigenes Bad mit winziger Dusche eingebaut worden. Dadurch war eine Abseite entstanden, in die ein Doppelbett gequetscht worden war; aufgrund der Enge konnte man nur über die Fußseite hineinklettern. Mit einem Vorhang konnte es vom Rest des Raumes abgetrennt werden und bildete somit so etwas wie ein »Schlafzimmer light«. Komplettiert wurde die Einrichtung durch einen einfachen Kleiderschrank aus weiß beschichtetem Pressholz.

»Schön hier!«, log Sönke und versuchte Begeisterung in seine Stimme zu legen.

Alva strahlte. »Fühl dich wie zu Hause! Ik maak uns mol'n Tee!«

Sie verschwand in der Küche.

Sönke packte seinen Rollkoffer aufs Bett und öffnete den Reißverschluss. Unschlüssig schaute er seine Kleidung ein paar Sekunden lang an.

Sollte er wirklich hier wohnen? Es war mehr ein Studentenzimmer als die Wohnung eines erwachsenen Hauptkommissars. Aber durch die offene Tür sah er seine Tante in der Küche werkeln. Ein Lächeln lag auf ihrem Gesicht.

Er ergab sich also seinem Schicksal und begann seine Hemden und Hosen in den Schrank zu räumen. Den Großteil seines Hab und Guts hatte er in einer Lagergarage in Hamburg zwischengeparkt. Er würde die Sachen holen, wenn er eine richtige Wohnung hatte. Jetzt musste er sich noch ein Auto besorgen. In Hamburg war das U-Bahn-Netz so dicht, dass er mit den öffentlichen Verkehrsmitteln meist schneller gewesen war und keinen Wagen gebraucht hatte.

Tante Alva schien seine Gedanken zu lesen.

»Wenn du 'n fohrtüchtigen Wagen brauchst, kannst du mien alten Corsa nehmen. Ik fahr nicht mehr so gern«, rief sie aus der Küche herüber.

»Danke, Tante, aber das kann ich nicht annehmen, du tust schon so viel …«

»Nee, lass mal, is ja nicht umsonst. Dafür musst du dann immer mit mir zum Supermarkt enkopen fahren.« Sie lachte. »Nu komm, Tee is fertig.«

Sönke zog den Kopf ein und ging durch die niedrige Verbindungstür vom Anbau in die Küche. Auf dem Tisch stand schon ein großer dampfender Becher. Der junge Kommissar half seiner Tante den Kandis und die Milch für den schwarzen Tee aufzudecken, dann nahm er Platz.

»Gibt es den Tierladen oben am Dreilingsberg noch? Ich muss einen Käfig für Sheila-Brigitte und Marlon-Günther kaufen.«

Sie nickte. »Ja. Apropos, wie bist du denn jetzt an diese Viecher kommen? Wie heeten die noch mal?«

»Meerschweinchen.«

»Ja, wie bist du an diese Meerswiene gekommen? Du wullt doch as Kind immer bloß 'nen Hund hebben.«

»Ja, also …«

Die Türklingel schellte.

Alva sprang auf. »Das ist bestimmt Inge, meene Nachbarin.«

Sie verschwand im Flur. Kurz darauf hörte Sönke Stimmen, verstand jedoch nicht, was sie sagten. Tante Alvas Gesicht tauchte im Türrahmen zur Küche auf.

»War gar nicht die Inge. Da is Besuch för di.«

Sie trat zur Seite und ein Mann kam in die Küche. Er hatte ungefähr Sönkes Alter. Der Kommissar musterte den Besucher von oben bis unten. Der Typ hatte gute Chancen, der nächste James-Bond-Darsteller zu werden. Schlank, muskulös, ein perfektes symmetrisches Hollywood-Gesicht. Ein breites Lächeln entblößte – natürlich – strahlend weiße Zähne.

»Moinsener!«, rief der Mann mit Betonung auf das Ende frohgemut in den Raum.

»Moin«, gab Sönke vorsichtig zurück.

»Du musst der Sönke Petersen sein, richtig?«

»Jup. Und Sie?«

»Ach, kannst ruhig du sagen. Ich bin Hauke. Hauke Barsch. Barsch wie der Fisch und mein Umgangston.« Er lachte wiehernd. »War ein Scherz, ich bin ein ganz netter Kerl. Aber die meisten nennen mich nur beim Nachnamen, ist quasi mein Spitzname.«

»Aha. Und eine echte Frohnatur scheinst du mir auch

zu sein«, entgegnete Sönke mit einem Hauch von Spott in der Stimme.

»Genau. Und dein Partner bei der Kripo Küste. Oberkommissar Barsch.«

Sönke, der gerade an seinem Tee genippt hatte, verschluckte sich und musste husten.

Was hatte der Typ gerade gesagt?

Verdammt, er würde mit Barbies Ken zusammenarbeiten müssen. Wenigstens hatte Barsch sich als Oberkommissar vorgestellt, das bedeutete, er war vom Dienstgrad her unter Sönke angesiedelt. Zwar sollten sie als Partner auf Augenhöhe arbeiten, aber im Zweifel hätte Sönke damit das letzte Wort.

»Tut mir leid, dass ich dich hier so überfalle«, entschuldigte sich Barsch.

»Na ja, ich habe eigentlich morgen erst meinen ersten Tag«, erwiderte Sönke.

»Aber die Toten warten nicht.« Barsch machte eine theaterreife Geste, bei der er die Hände zur Decke hob. Die Bedeutung erschloss sich Sönke nicht.

»Das heißt?«

»Das heißt, wir haben unseren ersten Mordfall, Herr Hauptkommissar.«

Kapitel 4

Sönke

Barsch war mit dem Streifenwagen gekommen, da sich ihr Büro außerhalb des Ortszentrums befand. Die 500 Meter von Alvas Leuchtturm bis zum Fundort der Leiche am Badesteg des Kurstrandes hätten sie allerdings auch gut zu Fuß zurücklegen können. Sönkes neuer Partner zog es jedoch vor, stilecht mit Blaulicht über die Fußgängerpromenade anzurollen.

Sönke betrachtete den Oberkommissar von der Seite. Er schien sich gut in Travemünde auszukennen, aber er konnte nicht gebürtig von hier sein. Sie hatten ungefähr den gleichen Jahrgang. Wenn sie beide im Ort aufgewachsen wären, hätten sie sich über den Weg laufen müssen. Kindergarten, Schule, Bolzplatz, irgendwo. Doch er hatte diesen Barsch noch nie gesehen.

»Kommst du von hier?«, fragte Sönke.

»Jo, ein echter Küstenjunge, ursprünglich aus Heiligenhafen. Jetzt lebe ich aber schon seit vier Jahren in Travemünde. Ich bin hierhergezogen, als ich bei der Kripo in Lübeck angefangen habe. So konnte ich weiter direkt an der Küste wohnen, war aber innerhalb von einer halben Stunde beim Dienst. Und mit der Gründung der »Kripo Küste« brauche ich jetzt nur noch fünf Minuten bis ins Büro, perfekt!«

Das erklärte alles. Barsch musste also hierhergezogen

sein, kurz nachdem Sönke nach Hamburg gegangen war. Jetzt kannten sie sich keine halbe Stunde, Sönke hatte noch nicht einmal einen Fuß in die neue Außendienststelle »Kripo Küste« gesetzt, und schon sollten sie gemeinsam in einem Mordfall ermitteln. Das ging Sönke alles zu schnell. Er war genervt, drängte das negative Gefühl aber beiseite. Es half ja nichts, die Situation war, wie sie war. Er konnte nichts daran ändern.

Auf dem Steg am Strand war schon jede Menge Betrieb. Sönke sah zwei Taucher, einen Mann in weißem Schutzanzug – wahrscheinlich von der Spurensicherung – und zwei Bestatter, die am Strand auf ihren Einsatz warteten.

Der Mann von der Spusi, ein bäriger Typ mit Vollbart und warmen braunen Augen, kam ihnen bereits am Strand entgegen. Mit jedem Schritt sank er tief in den Sand ein, der sich an dieser Stelle über mindestens 150 Meter ausbreitete. Schnaufend stellte er sich Sönke als Hannes Busemann, Leiter der Kriminaltechnischen Untersuchung, vor. Nach den üblichen Begrüßungsfloskeln kam er schnell zur Sache.

»Wir haben nicht viel, euer Leichenfundort liegt unter Wasser. Die Travemünder Rettungsschwimmer von der DLRG unterstützen uns mit zwei Tauchern. Sie haben mit Unterwasserkameras die Szenerie da unten für uns dokumentiert. Meine Leute haben auf dem Steg jeden Zentimeter unter die Lupe genommen, aber da sind null Spuren. Gar nichts.«

»Och schade, aber toll, dass ihr es versucht habt«, lobte Barsch überschwänglich und erntete einen irritierten Blick von Busemann.

»Äh, ja, das ist unser Job …«

»Was ist mit der Leiche?«, kam Sönke auf den entscheidenden Punkt zurück.

»Die wird gerade von den Tauchern befreit.«

»Befreit?« Sönke sah den Spurenexperten fragend an.

»Ja. Sie sitzt auf dem Grund und ist an einen der Stegpfosten gebunden, wahrscheinlich damit sie nicht abtreibt.«

»Dann müssen wir uns nicht lange Gedanken machen, ob hier ein Verbrechen vorliegt«, schlussfolgerte Sönke.

Barsch kicherte. »Jo, der wird sich nicht selber festgebunden haben.«

»Wohl kaum«, brummte Busemann. »Viel Erfolg bei euren Ermittlungen.«

Er setzte seinen Weg durch den Sand in Richtung Promenade fort. Der Weg von Sönke und Hauke führte hingegen hinauf auf den Steg und unter einem rot-weißen Flatterband hindurch, das den Tatort absperrte. Sönke beschleunigte seinen Schritt, als er sah, dass die beiden Taucher im Begriff waren, wieder ins Wasser zu steigen.

Der Hauptkommissar wedelte mit dem Arm. »Warten Sie!«

»Was denn nu los?«, rief Barsch und verfiel in einen leichten Trab, um den Anschluss nicht zu verlieren.

Die beiden Taucher warteten.

Sönke hielt seinen Polizeiausweis hoch.

»Haben Sie die Leiche schon losgemacht?«

Der erste Taucher nahm seine Brille vom Gesicht. »Nein. Noch nicht.«

»Sehr gut. Ich möchte mir den Leichenfundort persönlich ansehen.«

Der Taucher stellte sich als Uwe Klatt vor und hob eine Kamera auf, die er auf den Holzbohlen des Steges abgestellt hatte.

»Wir haben Fotos für Sie gemacht.«

»Ich weiß, das ist auch sehr wichtig, aber ich muss mir das selber anschauen.«

Jetzt zog auch der zweite Taucher seine Brille und die Neoprenhaube vom Kopf. Es war eine Frau. Sie schüttelte ihr halblanges seidenbraunes Haar aus und hielt ihm die Hand entgegen. »Jessy Jensen.«

Sönke sah tiefbraune Augen, die von feinen Sommersprossen untermalt wurden, und ein freundliches Lächeln. Er spürte, wie es ihm die Kehle zuschnürte. Eilig schüttelte er ihre Hand. Zu fest.

»Vorsicht, lassen Sie mich heil, Herr Kommissar.« Sie lachte.

»Äh, ja. Tschuldigung. Sönke Petersen, Kripo Küste.«

»Also, wie stellen Sie sich das vor, Herr Petersen? Das Wasser ist ziemlich kalt. Und haben Sie einen Tauchschein?«, fragte sie.

»Nun ja, nein. Ich will auch nur einmal runtertauchen, um den unveränderten Tatort mit eigenen Augen zu sehen. Ich, äh, halte die Luft an.«

»Und was ist mit der Kälte?«

Hatte da etwa Sorge um ihn in ihrer Stimme gelegen? Sönke dachte darüber nach – und vergaß zu antworten.

»Und?«, hakte sie nach.

»Ach so, ja, ich denke, ich halte das kurz aus.«

Sie schüttelte den Kopf.

»Nee, tun Sie nicht.« Die Taucherin wandte sich an ihren Kollegen. »Uwe, hast du noch einen großen Neopren im Wagen?«

Klatt nickte. »Ich hole ihn schnell.«

Zweimal tauchte Sönke zu der winkenden Leiche in etwa zwei Metern Tiefe hinab. Er hielt die Luft so lange an, wie er konnte, und prägte sich das Bild ein. Noch nie hatte er etwas Schaurigeres gesehen. Er fühlte sich wie am Set eines Films. Die Leiche war so gruselig, dass er einen Moment dachte, sie wäre nicht echt, sondern eine überzeichnet konstruierte Puppe für einen Horror-Blockbuster. Doch es handelte sich um einen Menschen aus Fleisch und Blut.

Der kurze Tauchgang musste reichen. Und das würde er auch. Bei der Kripo in Hamburg hatte Sönke den Spitznamen »Sherlock Holmes« gehabt, wegen seines nahezu fotografischen Gedächtnisses und seiner Kombinationsgabe.

Sönke kletterte zurück auf den Steg und schälte sich aus dem Anzug. Er sah seinen neuen Partner an.

»Na, Barsch, willst' auch mal runtergehen?«

Abwehrend hob Barsch die Hände. »Nee, lass mal.«

Sönke lächelte wissend und wandte sich an Jessy Jensen. Die anfängliche Nervosität, die der Anblick der Taucherin in ihm ausgelöst hatte, hatte sich ein wenig gelegt. Allerdings wirklich nur ein wenig.

»Sie können ihn dann hochholen«, sagte er.

Jensen und Klatt befestigten je ein Tauchermesser an ihrer Hüfte, das durch eine dicke Plastikscheide geschützt war. Sie sprangen ins Wasser, tauchten ab und kamen nach nicht mal zwei Minuten wieder an die Oberfläche. Zwischen ihnen trieb die aufgeblähte Wasserleiche. Klatt hielt das Tau in der Hand, mit dem der Mann an den Stegpfosten gefesselt gewesen war.

Sönke ging auf die Knie und streckte ihm die Hand entgegen. »Das Beweisstück nehme ich.«

Die beiden Rettungsschwimmer banden dem Toten einen Gurt um. Zu viert gelang es ihnen, den Körper auf den Steg zu hieven.

Außerhalb des Wassers sah die Leiche noch schlimmer aus. Das weiße Fleisch war wabbelig und aufgequollen, die Augen glasig und blutunterlaufen. An einigen Stellen war der Körper von Raubfischen angeknabbert worden. Als würde man die Luft aus einem Gummiboot lassen, schien er in sich zusammenzufallen.

»Die frische Luft tut ihm nicht gut«, bemerkte Barsch trocken.

Klatt warf dem Polizisten einen empörten Blick zu. Jessy Jensen hielt sich die Hand vor den Mund.

Hauke Barsch strahlte. Es war ihm offensichtlich egal, ob Klatt ihn für pietätlos hielt. Er glaubte, dass er mit seinem Humor bei einer Frau gepunktet hätte. Allein das zählte für Herrn Casanova.

Sönke hatte jedoch nicht den Eindruck, dass die Frau mit der vorgehaltenen Hand ein Lachen oder Kichern verbergen wollte. Für ihn sah es eher so aus, als würde sie der Anblick der Leiche jetzt, wo sie außerhalb des Wassers richtig zu sehen war, mitnehmen.

Plötzlich veränderte sich auch der Gesichtsausdruck seines Kollegen. Das Lachen verschwand. Mit ernstem Blick ging Barsch um die Leiche herum. Jessy Jensens

Miene versteinerte sich ebenfalls, während sie den Toten betrachtete. Ein feuchter Schimmer legte sich über ihre Augen.

»Hey, wartet mal«, sagte Barsch. »Ich glaube, den kenne ich. Die lange Zeit unter Wasser hat ihn ziemlich verändert, aber das müsste Knut Rasmus, der Wirt von der Möwenschenke, sein.«

Er stemmte die Hände in die Hüften.

»Nee, nicht müsste … das ist er, ganz sicher.«

Sönke klopfte ihm auf die Schulter. »Dann wissen wir, wo wir anfangen können.«

Jessy Jensen war neben sie getreten. Sie nickte zustimmend.

»Kann ich bestätigen. Das ist Rasmus«, sagte sie mit belegter Stimme.

Sie stapften durch den Sand zurück in Richtung Promenade, als Sönke zwischen den Strandkörben eine rundliche Frau auffiel, die ungefähr sein Alter hatte. Ein freundliches Lächeln lag auf ihrem Gesicht – und um ihren Hals baumelte eine Spiegelreflexkamera, auf die ein riesiges Teleobjektiv geschraubt war.

Sönke ging auf sie zu. In barschem Ton rief er: »Wenn Sie von der Presse sind, ist Ihnen hoffentlich klar …«

»Sönke, ich mache das nicht erst seit gestern. Ich weiß, welche Bilder wir veröffentlichen dürfen und welche nicht«, antwortete sie freundlich.

Sönke war verdutzt. Woher kannte die Frau seinen Namen? Dann traf ihn die Erkenntnis wie ein Blitz.

Die dicke Anne. Anne Johannsen.

Sie hatte mit ihm zusammen Abitur gemacht. Sofort bekam er ein schlechtes Gewissen. Nicht weil er sie nicht gleich erkannt hatte, sondern weil eine Erinnerung in ihm hochkam, die er lieber weiter verdrängt hätte.

Anne war Opfer von Hänseleien gewesen. Es hatte einige coole Jungs im Jahrgang gegeben, die sie wegen ihres Körpergewichts auf dem Kieker gehabt hatten. Sönke hatten sie ebenfalls gemobbt. »Langer Lulatsch«, »Die Supernase«, das waren noch die netten Bezeichnungen gewesen, die Fabian, Marc und die anderen aus der Gang für ihn ausgewählt hatten. Eines Tages war Sönke auf dem Weg in den Kunstraum gewesen. Anne stand im Türrahmen. Die anderen aus dem Kurs standen drumherum. Es war ganz spontan, Sönke tickte Anne an und sagte: »Wenn du da noch länger stehst, bekommt der Betonboden eine Delle.«

Anne antwortete nicht, sie guckte auf den Boden und ging in den Raum. Sönke blickte sich um, doch keiner der coolen Jungs lachte.

Natürlich lachten sie nicht, denn er war keiner von ihnen. Über die Witze eines Außenseiters lachte niemand. Aber sie lächelten böse, denn sie wussten, dass sie gewonnen hatten. Sönke hatte sich selbst wie ein Arschloch benommen. Nur um dazuzugehören. Nur um selbst nicht mehr das Opfer zu sein.

In diesem Moment hatte er sein letztes Stück Würde verloren.

Noch am selben Tag hatte er sich geschämt für das, was er getan hatte. Doch das hatte er ihr nie gesagt.

»Anne! Du bist es! Entschuldige, ich habe dich nicht erkannt«, rief er jetzt. Er ging die letzten Meter zu ihr hinüber, zögerte und drückte die rundliche Frau dann unbeholfen kurz an sich.

In Annes Gesicht lag eine ehrliche Freude, ihn zu sehen. Offenbar nahm sie ihm weder die rabiate Begrüßung noch die Sache von damals übel. Vielleicht hatte sie es längst vergessen?

Nein. So etwas vergaß man nicht. Sönke hatte die Demütigungen auch nicht vergessen. Keine einzige davon.

»Tach, Sönke, ich hatte schon gehört, dass du bei der Polizei gelandet bist. Aber ich dachte, du fängst die Verbrecher in der Großstadt.«

»Nicht mehr, ich gehöre jetzt zur Kripo Küste. Wir sollen die Kollegen der Polizeidirektion Lübeck entlasten.«

»Der verlorene Sohn kehrt also zurück.«

Der verlorene Sohn. Das klang so groß. Sönke machte ein verlegenes Gesicht und lenkte das Gespräch auf Anne. »Und du? Bist du die ganze Zeit in Travemünde geblieben?«

»Nie weg gewesen. Einmal Küstenkind, immer Küstenkind.«

Sönke wies auf die Kamera.

»Bist du wirklich Journalistin geworden?«

»Jup.« Ein stolzer Ausdruck lag auf ihrem runden, hübschen Gesicht.

Mit zwanzig Kilo weniger könnte sie sich vor Einladungen zum Abendessen wahrscheinlich gar nicht mehr retten, dachte Sönke. Der Gedanke war gerade verflogen, da kam er sich deswegen schon wie ein Idiot vor. Woher wollte er eigentlich wissen, ob sie nicht längst glücklich verheiratet war? Er sollte sich lieber an die eigene, zu große Nase fassen. Wenn er bei Frauen, die er mochte, mal einen geraden

Satz herausbekommen würde, würde er vielleicht auch öfter zu zweit beim Italiener sitzen. Und vielleicht wäre Britt dann auch nicht nur eine gute Freundin und Mitbewohnerin gewesen.

»Für welche Zeitung schreibst du?«

Anne lachte laut auf.

»Nur schreiben reicht schon lange nicht mehr. Unser Beruf hat sich verändert. Ich schreibe, fotografiere und filme für unsere Lokalzeitung, die mittlerweile vor allem ein Nachrichtenportal im Internet ist. Der Ostsee-Kurier. Ich werde dir jetzt häufiger auf die Nerven gehen.«

Sönke blickte Anne fragend an, sagte aber nichts. Seine alte Schulkameradin hatte einen triumphierenden Gesichtsausdruck aufgelegt.

»Ich bin die Polizeireporterin des Kuriers«, verkündete sie schließlich.

»Oh.«

»Mach dir keinen Kopp, Sönke. Ich kann zwischen privaten und dienstlichen Gesprächen gut unterscheiden. Außerdem habe ich kein Interesse daran, es mir mit der Polizei zu verscherzen.«

»Das beruhigt mich.«

Anne machte den Rücken gerade.

»Also, jetzt dienstlich: Was kannst du mir zu dem oder der Toten sagen? Dass es einen gegeben hat, ist ja wohl offensichtlich. Die Taucher haben jedenfalls keinen Schweinswal aus dem Wasser gezogen, das konnte ich auch von hinter der Absperrung sehen.«

Sönke kratzte sich an der Stirn. Was konnte er sagen?

»Komm mir nicht mit einem Badeunfall, dafür ist es zu spät. Die Saison ist vorbei.«

»Na ja, ein Neoprenschwimmer hat die Leiche gefunden«, gab Sönke wieder, was Barsch ihm auf der Fahrt hierhin erklärt hatte.

Anne verdrehte die Augen. »Deine Leiche hatte keinen Neopren an.«

Sönke gab nach. Er musste ihr etwas geben, das war er ihr schuldig. Das Täterwissen musste er jedoch für sich behalten, das könnte später wichtig werden, um den Mörder zu überführen.

»Also gut, ein Schwimmer hat eine männliche Leiche gefunden. Die Todesursache ist noch unklar. Der Körper wird jetzt in der Rechtsmedizin untersucht.« Das musste reichen.

Als er nicht weitersprach, nickte Anne. »Gut. Und gibt es Hinweise auf ein Fremdverschulden?«

Sönke breitete entschuldigend die Hände aus. »Kein Kommentar. Die …«

»… Ermittlungen dauern an. Ich weiß, ich kenne den Spruch«, beendete Anne seinen Satz.

Sie hob die Hand zum Abschied.

»Tschüs, war schön, dich zu sehen. Wir hören uns bald.«

Kapitel 5

Sönke

Sönke musste den Kopf einziehen, als er sich neben Hauke auf den Beifahrersitz des Polizeiwagens quetschte. Anne hatte sich auf den Weg in ihre Redaktion gemacht, die weiter weg von der Wasserlinie im hinteren Bereich Travemündes lag, wie Sönke nach kurzem Googeln herausgefunden hatte.

»Diese Mittelklasselimousinen sind nicht für große Menschen gebaut. Vielleicht können wir einen größeren Wagen beantragen? Als Kripobeamte brauchen wir doch sowieso ein Zivilfahrzeug«, sagte er an seinen neuen Partner gewandt.

Barsch legte den ersten Gang ein und fuhr los. Nachdem er den Wagen von der Promenade auf die Straße gelenkt hatte, warf er Sönke einen tadelnden Blick zu. »Bist du wahnsinnig? So ein Streifenwagen macht viel mehr Eindruck im Ort.«

Sönke verdrehte die Augen. »Es geht doch nicht darum, dass du einen coolen Auftritt aufs Parkett legst, sondern darum, dass uns nicht jeder sofort auf zwei Kilometer als Polizisten identifiziert.«

Aus der halben Stunde, die sie sich kannten, war eine Stunde geworden und Sönke übte das erste Mal Kritik an seinem Partner. Der Hauptkommissar knetete nervös die Finger. Jetzt würde sich zeigen, welche Richtung ihre Beziehung nahm.

Sönke hatte schon die ganze Zeit darüber nachgedacht. Barsch war speziell, er legte offenbar viel Wert auf Äußeres, auf Statussymbole und den Eindruck, den er bei anderen hinterließ. Er war das, was man früher einen Frauenhelden genannt hätte, und hatte einen eher … wie sollte er es nennen … offensiven Humor. Alles Eigenschaften, die Sönke eigentlich nicht unbedingt sympathisch waren. Trotzdem mochte er diesen Kerl irgendwie. Wahrscheinlich weil er so offen damit umging und scheinbar kein Problem hatte, sich selbst auf die Schippe zu nehmen.

Das stellte er auch jetzt unter Beweis. Ein helles Lachen erklang.

»Erwischt! Du hast recht, aber ich finde es trotzdem cooler mit dem Streifenwagen. Da steh ich zu. Ich habe aber nichts damit zu tun, dass wir kein anderes Auto haben. Die Zivilfahrzeuge sind alle vergeben. Wir sollen irgendwann einen Neuwagen bekommen, aber es gibt Lieferprobleme. Hat irgendwas mit Corona und Materialengpässen in Asien zu tun. Keine Ahnung.«

»Okay.« Sönke grinste, wurde jedoch gleich wieder ernst

»Hatte Rasmus Verwandte?«, wechselte er das Thema.

»Ja, einen Sohn. Den Peter.«

»Soll ich mal die Zentrale anfunken, dass sie uns die Adresse raussuchen?«

»Nicht nötig. Wir sind schon da.«

Barsch wies mit dem Finger nach vorne zur Windschutzscheibe. Sie rollten gerade am alten Bahnhof vorbei, als rechter Hand ein windschiefes Backsteinhäuschen direkt neben den Gleisen auftauchte. Über der dunkelbraunen Eingangstür mit Butzenfenstern hing eine dreckige Leuchtreklame.

Möwenschenke. Hier gibt's Lück vom Fass.

»Peter arbeitet in der Kneipe seines Vaters«, fügte Barsch erklärend hinzu.

»Und er wohnt da auch in dem Haus?«

»Nee, ich sach' doch. Er schmeißt den Laden.«

Sönke warf seinem Partner einen fragenden Blick zu. »Es ist 11.30 Uhr am Vormittag?«

Barsch parkte den Wagen auf dem Sandplatz vor dem Haus und legte Sönke eine Hand auf die Schulter. »Noch nie von 'ner Tageskneipe gehört?«

»Schon, aber ich hätte nicht gedacht, dass es im beschaulichen Travemünde wie auf dem Hamburger Kiez zugeht und die Leute sich schon mittags einen reinzwitschern.«

Barsch zuckte mit den Schultern. »Tun ja auch nicht alle, aber einigen fällt zu Hause die Decke auf den Kopf. Die brauchen die Geselligkeit.«

»Na ja, ob das der richtige Weg ist, seine Einsamkeit zu bekämpfen, lassen wir mal dahingestellt«, antwortete Sönke und stieg aus.

Hinter der Eingangstür traten sie in eine andere Welt. Ein riesiger Tresen lag als Rechteck mitten im Raum, drumherum fanden bestimmt zwei Dutzend Barhocker einen Platz. Auf zwei davon saßen zwei ältere Männer, die sich stumm an ihren noch halb mit Pils gefüllten Biertulpen festhielten. Tabakqualm lag in der Luft. Mit dem Rauchverbot nahmen es der Wirt und die Gäste nicht so genau. An die Ränder des Raumes waren ein paar kleine Dreiertische gequetscht. Die Wände waren mit dunklen Schiffsbohlen verkleidet, die jedoch kaum zu erkennen waren, weil überall alte Fotos und Seefahrtsutensilien hingen. Auf den ersten Blick entdeckte Sönke einen Schiffskompass, alte Navigationsgeräte und Seekarten. Das hatte irgendwie Stil.

In seiner Jugend hatte er die alte Kneipe nie richtig wahrgenommen und erst recht keinen Fuß hineingesetzt. Und jetzt? Irgendwie war sie faszinierend – und zugleich abstoßend. Jeder Schritt in dem Raum kostete noch mehr Kraft als im Sand, weil die Schuhsohlen auf dem klebrigen Boden haften blieben.

Hinter dem Tresen polierte ein junger Mann mit Vollbart Gläser. Als er sie sah, schwang er sich das Geschirrhandtuch über die Schulter und blickte sie erwartungsvoll an.

»Tach, Hauke, was'n los? Und wer ist der Typ bei dir?«

Hauke Barsch schüttelte dem Mann, der wohl Peter Rasmus war, über den Tresen die Hand. Der Juniorchef der Kneipe hatte ziemlich große Pranken.

»Ja, Peter, ich bin dienstlich hier, das ist mein Kollege Sönke Petersen.«

Sönke und der Wirt nickten sich kurz zu. Barsch sah Sönke auffordernd an. Doch der Hauptkommissar dachte gar nicht daran, für seinen Kollegen die Drecksarbeit zu übernehmen, nur damit der weiterhin der Gute-Laune-Bär sein konnte. Das Überbringen von schlechten Nachrichten gehörte zum Job und es war ein ungeschriebenes Gesetz bei der Polizei, dass man diese Aufgabe übernahm, wenn man jemanden aus der Familie kannte.

Barsch starrte Sönke weiter an. Sönke starrte zurück.

»Was'n los?«, wollte Peter Rasmus wissen.

Endlich wandte sich Barsch wieder an den Wirt.

»Du, nun ja, wir müssen dir was sagen ... Also, es ist so ...«

Peter Rasmus wurde bei dem Rumgeeiere ungehalten.

»WAS IST LOS?«

»Vaddern ist tot!«, brach es endlich aus Barsch heraus.

»Wie, dein Vadder ist doch schon zehn Jahre unter der Erde?«, fragte Peter Rasmus irritiert.

»Äh. Nein, ich meine: Also, dein Vadder ist tot.«

»Wie bitte? Sag das noch mal«, sagte er mit erstickter Stimme. Peter Rasmus taumelte erst ein paar Schritte zurück und dann wieder nach vorne, wo er sich an der Zapfanlage abstützte.

Barsch und Sönke berichteten dem Sohn von Knut Rasmus, dass sie seinen Vater tot in der Ostsee gefunden hatten. Dass er an den Steg gefesselt gewesen war, ließen sie weg. Als Peter Rasmus wieder einen halbwegs sicheren Stand hatte, schenkte er sich einen doppelten Oldesloer Korn ein und leerte das Glas in einem Zug.

Einer der Männer am Tresen erwachte aus seiner Starre.

»Also, wenn das so ist, nehmen der Frieder und ich auch einen. Auf Verbleichte, nee, wie heißt das noch?« Er schaute den Mann neben ihm an.

»Verblichene«, murmelte Frieder.

»Genau, auf Verblichene muss man anstoßen.«

»Schnauze jetzt, Hans«, fuhr der Wirt seinen Stammgast an, dann setzte er sich mit den Kommissaren außer Hörweite der beiden Gäste an einen der kleinen Tische in der Ecke. Er war weiß um die Nase.

»War es ein Unfall?«

»Das wissen wir noch nicht. Wann haben Sie Ihren Vater zuletzt gesehen?«, übernahm Sönke die Gesprächsführung. Er wollte nicht, dass sein Partner zu früh verriet, dass es sich höchstwahrscheinlich um Mord handelte.

»Vor zwei Tagen. Er hatte die Abendschicht. Da viel los war, habe ich ihm ein bisschen hinter der Bar geholfen. Nachdem wir gegen zwei Uhr nachts den Laden dichtgemacht hatten, wollte er noch seine Nachtrunde durch den Hafen drehen.«

Sönke sah Peter Rasmus genau an. Er wollte jede seiner Regungen mitbekommen. »Sind Sie mit spazieren gegangen?«

»Nee, ich bin direkt nach Hause. Die letzten zwei Tage hatte Vadder frei. Ich hatte viel um die Ohren, deshalb haben wir auch gar nicht telefoniert.« Seine Stimme zitterte.

Barsch legte Peter Rasmus beruhigend eine Hand auf die Schulter. »Peter, hatte dein Vadder mit irgendjemandem Ärger? Hatte er Feinde?«

Der junge Wirt kratzte sich am Kinn und sah für ein paar Sekunden aus dem einzigen Fenster im Raum hinaus auf den Parkplatz. Er schüttelte den Kopf.

»Nee, nicht dass ich wüsste.«

»Was ist mit der Kneipe, wollte er die nicht verkaufen? Gab es da vielleicht Ärger mit einem Interessenten?«, fragte Barsch.

Peter Rasmus' Augen weiteten sich auf Pingpongball-Größe. »Was, verkaufen? Davon weiß ich nichts.«

Barsch runzelte die Stirn. »Merkwürdig. Mir hat er das vor ein paar Wochen nach drei Bier erzählt, aber vielleicht war es nur so eine fixe Idee, Spinnkram eben.«

»Bestimmt. Vadder hat viel erzählt, wenn der Tag lang war.«

Sie versuchten noch mit weiteren Fragen Peter Rasmus irgendeine Information zu entlocken, die ihnen weiterhalf. Doch da kam nichts mehr. Zumindest nicht heute.

Kapitel 6

Sönke

Die Schranke zum Gelände des Lübecker Universitätsklinikums öffnete sich wie von Geisterhand, als die beiden Kommissare auf das Gelände fuhren.

»Siehste, sag ich doch, so ein Streifenwagen macht richtig was her«, sagte Barsch mit einem frechen Grinsen im Gesicht. Lässig hob er die Hand und grüßte den Wachmann in dem kleinen Wärterhäuschen, der wie ein Soldat beim Appell hinter seinem Fenster stand.

»Steht der etwa stramm? Wegen uns?«, fragte Sönke ungläubig.

Barsch kicherte. »Na klaro Kilimandscharo!«

Das Gelände war weitläufig, aber Barsch kannte den Weg zu der Klinik für Rechtsmedizin bereits. Er parkte den Wagen direkt vor dem historischen Backsteinbau im Halteverbot. Es war mittlerweile Nachmittag geworden. Nach dem Besuch in der Kneipe hatten sie sich zunächst um den Papierkram gekümmert.

Sönke wies auf das Halteverbotsschild und schüttelte den Kopf. »Dir ist auch nichts heilig, oder?«

Barsch blickte Sönke irritiert an. »Wieso? Wir sind im Dienst und hier kommt ja wohl jeder Rettungswagen locker durch.«

Selbstzweifel hatte er eindeutig keine.

Ihr Weg führte sie durch eine große zweiflügelige Tür

in das Gebäude und einen breiten Gang entlang. Die Decken waren hoch und stuckbesetzt.

»Fühlt sich gar nicht nach einer Klinik an. Eher nach einer Botschaft oder so was«, sagte Sönke.

»Das ändert sich gleich.« Barsch zeigte auf eine massive Edelstahltür. »Dahinter ist der Schlachtraum. Hast du mal gesehen, wie die die Schädeldecke aufsägen?«

»Aaah.« Sönke stieß einen gespielten Schmerzenslaut aus. »Hör auf, da entstehen gerade ganz schreckliche Bilder in meinem Kopf. Und nein, ich bin immer erst in der Rechtsmedizin gewesen, wenn die Sektion abgeschlossen war. Und bevor du fragst, ich möchte auch nicht dabei sein. Warum hast du dir das angeguckt?«

»Hab ich gar nicht. Ich dachte einfach, es wäre gut, sich etwas extrem Gruseliges vorzustellen, bevor wir reingehen. Dann kann es nur besser werden.«

Ob dieser Logik fiel Sönke keine Erwiderung ein.

Doch er musste schmunzeln. Wenigstens war sein neuer Partner immer für eine Überraschung gut.

Sönke streckte gerade die Hand nach der Klinke aus, als die Tür von innen aufgedrückt wurde. Ein junger Arzt mit langen, zu einem Pferdeschwanz gebundenen Haaren kam heraus. Der Mann hatte die Tür mit dem Fuß aufgestoßen und streifte gerade die blutbefleckten Latexhandschuhe ab. Mit einem angetäuschten Basketballwurf beförderte er das Handschuhknäuel treffsicher in einen Mülleimer neben der Tür. Er pfiff fröhlich. Als er die beiden Kommissare sah, verstummte er.

»Sind Sie die neuen Kollegen von der Kripo Küste? Wegen des Toten aus der Ostsee?«

»Exakt. Das ist mein Kollege Hauke Barsch und mein Name ist Sönke Petersen.«

»Ich hab's befürchtet.« Er machte ein langes Gesicht. »Dass wir das sind?«

»Nee, dass Sie gerade jetzt kommen, wo ich endlich meine Mittagspause nachholen wollte. Na ja, es nützt ja nichts.« Er begrüßte erst Barsch und hielt dann Sönke die Hand hin. »Ich bin Dr. Gregor von Amstetten, Rechtsmedizin. Angenehm.«

Der Kommissar zögerte kurz.

Von Amstetten lachte und wies mit einem Nicken auf den Abfalleimer. »Die Handschuhe sind aus und haben dicht gehalten. Ist kein Blut durchgekommen«, sagte er mit einem Grinsen.

»Natürlich.« Sönke schüttelte dem Rechtsmediziner die Hand. Der machte auf dem Absatz kehrt.

»Ich bin gerade mit der äußeren und inneren Leichenschau durch. Laborergebnisse gibt es so schnell aber noch nicht. Er ist ja erst heute Morgen reingekommen.«

Von Amstetten führte sie in den Sektionssaal. Das herrschaftliche Ambiente des edlen Altbaus verschwand in dem Moment, in dem sie den Saal betraten. Boden und Wände waren komplett mit hellblauen Fliesen bedeckt. Sönke fühlte sich, als wäre er im Becken eines Schwimmbads, aus dem man das Wasser abgelassen hatte. Nur dass im Schwimmbad keine Seziertische standen.

Von Amstetten steuerte den linken der beiden Tische an und schaltete einen Scheinwerfer ein, dessen Licht Blitze auf dem glatt polierten Metall des Tisches schlug.

»Achtung, das wird nicht schön«, sagte der Rechtsmediziner und zog das Leichentuch herunter.

Barsch verzog das Gesicht.

»Wir haben ihn ja schon am Strand gesehen, aber dass Knut jetzt in voller Pracht ohne Klamotten vor mir liegt, macht es nicht besser«, stöhnte er.

»Im Gegenteil, das sieht übel aus«, pflichtete Sönke ihm bei. Die Magensäure rebellierte in seinem Inneren, doch er wollte sich nicht anmerken lassen, dass ihm der Anblick zusetzte. Eigentlich wolle er es sich nicht einmal selbst eingestehen.

»Ja, das machen die lange Zeit im Wasser und der Fischfraß, die Aale haben schon etwas an ihm rumgeknabbert. Ungefähr zwei Tage dürfte er im Meer gewesen sein«, erklärte von Amstetten.

Sönke musste aufstoßen und hielt sich die Hand vor den Mund. Dann konzentrierte er sich auf seinen Job. Das Stellen der richtigen Fragen.

»Das passt zu dem Zeitpunkt, an dem sein Sohn Peter ihn das letzte Mal gesehen hat. Aber ist er auch in der Ostsee gestorben?«, wollte er wissen.

»Mit Sicherheit.« Von Amstetten tippte mit dem Finger auf die grobe Naht auf dem Brustkorb des Mannes. »Ich habe literweise Salzwasser in seiner Lunge gefunden. Er ist ertrunken.«

Barsch wollte etwas sagen und öffnete den Mund, doch der Rechtsmediziner fuhr direkt fort: »Dass er so übel aussieht, hat übrigens nichts mit Gewalteinwirkung zu tun. Außer der maritimen Flora und Fauna hat ihm nichts zugesetzt. Es gibt keinerlei äußere Verletzungen, die zu seinem Tod beigetragen haben könnten. Selbst

43

die Striemen am Bauch, mit dem er an den Stegpfosten gefesselt war, sind Totenflecken, die erst nach seinem Ableben entstanden sind.«

»Das bedeutet?« Sönke sah von Amstetten fragend an.

»Das bedeutet: Wenn er nicht auf dem Grund der Ostsee festgebunden gewesen wäre, würde ich sagen, dass er einfach ins Wasser gefallen und ertrunken ist.«

Barsch stieß einen Seufzer aus. »Tja, schön wär's. Dann hätten wir keinen Mord in Travemünde. Aber der alte Knut wird wohl nicht von den Fischen gefesselt worden sein.«

Kapitel 7

Frieder Weidemann

Nicht dass es Frieder Weidemann nicht berührt hätte, dass der Wirt seiner Stammkneipe tot war. Knut Rasmus war sein Skatbruder gewesen. Seit dreißig Jahren hatten sie mit den Jungs jeden zweiten Sonntag im Monat Karten gekloppt.

Es war nur so, dass Frieder noch nie gut seine Gefühle hatte zeigen können. »So eine Scheiße«, murmelte er, nachdem die beiden Polizisten gegangen waren. Er warf Peter einen Blick zu. »Beileid«, raunte er. »Machst' trotzdem noch zwei Bier?«

Hans neben ihm am Tresen nickte eifrig, um den Wunsch nach Nachschub zu unterstützen. Peter sagte nichts, ging aber zur Zapfanlage.

Ab Mittag stieg Frieder von Bier auf Alsterwasser um, ging dann nach Hause und haute sich drei Stunden aufs Ohr. Denn am Abend, wenn die Kneipe voll war – und das wurde sie immer, auch werktags –, fütterten die Gäste die alte Wurlitzer Jukebox mit reichlich Münzen. Die Möwenschenke verwandelte sich in ein Tollhaus. Das wollte Frieder nicht verpassen. Er verbrachte fast jeden zweiten Abend in der Kneipe.

Nachdem er den ersten Rausch auf seiner Couch ausgeschlafen hatte, kehrte er am frühen Abend in die Kneipe zurück. Peter hatte zum Glück trotz des Trauerfalls nicht geschlossen. *Wahrscheinlich will er sich lieber ablenken, als die ganze Zeit an seinen Vater zu denken,* dachte Frieder. Mittlerweile war es brechend voll. Stimmengewirr kam dem Trinker entgegen, als er die Tür öffnete und zum zweiten Mal an diesem Tag den Gastraum betrat.

Hans saß immer noch auf seinem Hocker. Sein Kopf lag auf dem Tresen. Schnarchgeräusche und Sabberfäden kamen aus seinem halb offenen Mund. Peter rüttelte an Hans' Schulter, bis dieser endlich aus dem Saufkoma erwachte.

»Komm, für dich ist Schluss. Geh nach Hause!«

Frieder freute sich, als sein Trinkkumpel vom Vormittag aus der Tür wankte. So wurde ein Platz am Tresen frei, der ansonsten voll besetzt war. Er trank zwar gerne mit Hans, weil der ein noch schlimmerer Säufer war als er selbst, aber wenn Frieder ehrlich war, fühlte er sich am besten, wenn sein Kumpel in einem desolaten Zustand die Segel streichen musste. Dann konnte Frieder mitleidig auf ihn hinabgucken. *Im Gegensatz zu dem habe ich meinen Alkoholkonsum im Griff,* bestätigte er sich selbst.

Es nervte ihn, dass seine Freunde aus der Skatrunde anderer Meinung waren und ihn immer wieder ermahnten, er solle weniger trinken und mal zum Arzt gehen.

Scheiße noch mal, er war nicht irgend so ein Penner. Dreißig Jahre hatte er seinen Kiosk in der Vorderreihe betrieben. Jeden Morgen hatte er schon um sechs Uhr hinter dem Verkaufstresen gestanden. Und hätte seine Susanne nicht auf ihrer Silberhochzeit hinter der Bühne einen Ausritt auf dem mit runtergezogener Hose daliegenden DJ »Freddy« unternommen, hätte er den Laden immer noch. Seine große Liebe hatte ihn betrogen. Auf der eigenen Silberhochzeit! Das musste man sich mal vorstellen! Und jeder einzelne der 98 Gäste hatte es mitbekommen. Dann hatte sie auch noch die Frechheit besessen, ihm an den Kopf zu werfen, dass er selber schuld wäre, weil er nicht mal in ihrer Ehe Gefühle zeigen könnte. Dieses Miststück! Was hatte denn dieser Freddy für Gefühle zu bieten außer Geilheit?

Wie auch immer, jetzt war Susanne mit Freddy weg. Der Kiosk war auch weg, weil Frieder nicht mehr arbeitsfähig gewesen war und den Laden bis zur Pleite vernachlässigt hatte. Dafür waren Bier und Schnaps da. An allem war nur Susanne schuld. Und genau an die wollte er nicht denken. Genauso wenig wie an den toten Knut. Jetzt war Party!

Frieder bestellte ein Kristallweizen und schob sich zwischen einigen herumstehenden Gästen hindurch zur Musikbox.

Wolfgang Petry. *Verlieben, verloren, vergessen, verzeih'n.* Das brauchte er jetzt. Auch wenn er niemals verzeihen würde. Als die ersten Töne des Liedes erklangen, stimmte die halbe Kneipe grölend mit ein. Frieder hob die Arme und begann zu tanzen.

Endlich Party. Endlich nicht mehr nachdenken.

Kapitel 8

Sönke

Mit den Händen in den Taschen schlenderte Sönke die Promenade hinab in Richtung Brodtener Ufer. Zum Abend war es dunkel und merklich kühler geworden. Ob die Temperatur schon unter zehn Grad lag? Es fühlte sich sehr danach an. Zum ersten Mal in diesem Herbst hatte er seinen Wollmantel zugeknöpft.

Barsch hatte ihn zwar nach Dienstschluss zum Leuchtturm gefahren, aber Sönke hatte sich spontan entschieden einen Spaziergang zu machen. Der Geruchsmix aus Leichnam und Sterilium hing seit dem Besuch in der Rechtsmedizin in seiner Nase und den Lungen fest. Der frische Meereswind würde seinen Körper durchlüften. Nach dem Abendspaziergang könnte er sich bei Tante Alva mit einem heißen Tee wieder aufwärmen. Unentwegt grübelte er über den Fall nach, in der Hoffnung, dass ihm irgendetwas einfiel, das sie einen Schritt weiterbrachte. Warum zum Teufel band jemand eine Leiche an einem Stegpfosten fest? Damit sie nicht so schnell gefunden wurde? Aber dann hätte der Täter sein Opfer doch besser mit einer Betonplatte in tieferen Gewässern versenkt. Sönke spürte einen inneren Druck. In Hamburg hatte er auch in großen Mordfällen ermittelt, doch hier in seiner Heimat fühlte es sich anders an. Er fühlte sich verantwortlich für die

Menschen, ein Verbrechen hier war ein Stück weit immer etwas Persönliches.

Langsam ging er am Grünstrand vorbei in Richtung Yachtclub und für einen Moment gelang es ihm tatsächlich, seine Gedanken zu befreien und an nichts zu denken. Kurz vor dem Steilufer fiel ihm eine schmale Person auf, die auf einem der Stege stand und auf das Meer hinausblickte.

Er ging näher heran. Es war eine Frau. Unter einer Strickmütze lugte ein Büschel brauner Haare hervor. War das etwa …?

Ja, sie war es. Er hatte sich ihre Statur eingeprägt und erkannte sie sofort, auch wenn sie ihm den Rücken zugewandt hatte. Die Rettungsschwimmerin von heute Morgen. Jessy Jensen.

Sofort wurde sein Mund trocken und die Zunge klebte am Gaumen fest. Er durfte der Angst nicht nachgeben und sich wie ein pubertierender Junge aus dem Staub machen. Er war erwachsen und er würde keine bessere Gelegenheit mehr bekommen, um sie anzusprechen. Sönke trat auf den Steg und ging auf sie zu. Er rang mit den Worten. Was sollte er sagen?

Er überlegte. Sehr lange. Plötzlich war er ihr zu nahe gekommen. Sie musste seine Schritte gehört haben und fuhr herum. Ihr Gesicht war bleich vor Schreck.

»Wer ist da? Was wollen Sie?«

Sönke hob abwehrend die Hände. »Oh, oh, nein, ich wollte Sie nicht … Ich bin es, Sönke Petersen von der Kripo.«

Sie atmete erleichtert durch und stemmte dann die Hände in die Hüften.

»Warum schleichen Sie sich so an, Herr Kommissar?«

»Ich, äh, ich wollte Sie nicht erschrecken, ich …«

Sönke fiel keine Ausrede ein. Also versuchte er es mit der Wahrheit.

»…wusste nicht, was ich sagen soll.«

Mit einem gequälten Lächeln schaute er sie an.

»Wie? Ein Hauptkommissar, dem die Worte fehlen?«

Sie schmunzelte.

Sönke knetete die Hände. »Na ja, das ist nicht immer so. Liegt vielleicht auch ein bisschen an Ihnen.« Oha. Er erschrak über sich selbst und spürte, wie er rot wurde. Jetzt hatte er unfreiwillig einen rausgehauen. Das war nicht misszuverstehen. Da hätte er auch gleich sagen können, dass er sie toll fand.

Zum Glück lachte Jessy Jensen laut auf. Es war ein freundliches Lachen, kein hämisches.

»Wollen Sie sagen, ich habe Sie sprachlos gemacht?«

Sönke überlegte und nahm all seinen Mut zusammen.

»Mmh. Also, ja, so könnte man das interpretieren.«

Jetzt bekam die junge Taucherin eine leichte Röte auf den Wangen.

»Ach, wie süß, ein Kompliment wie früher in der Dorfdisco.« Sie lächelte.

Wie alt mochte sie sein? Vielleicht Mitte dreißig, schätzte Sönke.

Mit der Hand strich er sich durchs Haar. Der freundliche, zugewandte Ausdruck in ihrem Gesicht ermutigte ihn.

»Na ja, wenn wir schon in der Disco sind, will ich mal so fragen: Darf ich Sie zu etwas zu trinken einladen?«

Jessy Jensen presste die Lippen zusammen und

schaute ihm in die Augen. »Der Klassiker also. Die Antwort ist leider Nein.«

Sönke spürte, wie ihm das Blut aus dem Kopf in die Beine sackte und dann wieder zurückschoss. Er musste einen rot glühenden Kopf haben. Ihm wurde schwindelig. Verdammt, war das peinlich. Hatte er sich so geirrt? Die Zeichen waren doch eindeutig gewesen. Oder etwa nicht?

O Gott, das war unglaublich unangenehm. Sie hatte ihm einen Korb gegeben und es fühlte sich an, als wäre dieser mit zentnerschweren Steinen beladen. Sönke machte ein paar unsichere Schritte rückwärts.

Jessy Jensen blickte ihn erschrocken an.

»Stopp. Bitte nicht falsch verstehen«, lenkte sie ein. »Ich kann HEUTE nicht. Aber morgen würde es mir gut passen.«

»Puuh.« Sönke wischte sich den kalten Schweiß von der Stirn. Seine Mundwinkel wanderten hoch bis zu den Ohren. Wahrscheinlich grinste er wie der »Joker« bei *Batman*. Er versuchte in ein cooles Lächeln zu wechseln.

»Vielleicht auch etwas zu essen vor dem Getränk? Italiener?«, fragte er.

Sie wiegte den Kopf. »Können Sie kochen?«

»Na klar. Am Herd bin ich eine echte Sensation.« Seine Antwort kam wie aus der Pistole geschossen. Sönke wusste nicht, warum er das gesagt hatte. Er kochte gerne, allerdings konnte von Können keine Rede sein. Alles, was über Spaghetti Bolognese hinausging, schmeckte miserabel. Jessy Jensen aber nickte.

»Großartig. Wollen wir Du sagen? Ich bin Jessy.« Sie reichte ihm die Hand. Sönke ergriff sie und versuchte nicht zu fest zuzudrücken. Eine Gänsehaut breitete sich über seinem gesamten Körper aus, als er ihre warme, weiche Haut spürte.

»Sönke.«

Sie schob sich an ihm vorbei und ging in Richtung Promenade. Noch einmal schaute sie über die Schulter zurück.

»Na, dann bis morgen, Sönke. 19 Uhr?«

»Ja.«

»Und wo soll ich hinkommen?«, fragte sie.

»Alter Leuchtturm.«

»Wunderbar, ich werde da sein.«

Jessy verließ den Steg und verschwand in der Dunkelheit.

Erst jetzt merkte Sönke, dass sein Mund offen stand.

Sein Körper begann Glückshormone auszuschütten.

Er hatte ein Date. Ein echtes Date.

Kapitel 9

Sönke

Sönke saß am Küchentisch und hielt den dampfenden Becher mit beiden Händen umklammert. Dieses Mal hatte Tante Alva heiße Schokolade gemacht. Konnte er es wagen, einen Schluck zu trinken? Vorsichtig nippte er an seinem Kakao.

»Ohauaha«, rief er.

»Wat? Is' der zu heiß?«, fragte Tante Alva mit besorgtem Blick. Die alte Dame saß ihm am Tisch gegenüber.

»Nee. Aber wat is da drin?«

Seine Tante grinste bis über beide Ohren. »'nen ordentlichen Schuss Hansen-Rum!«

»Aber nicht zu knapp«, kommentierte Sönke. Er fragte sich, ob das Kribbeln in seinem Körper von dem Kakao à la Alva kam oder eine Folge der Begegnung mit Jessy war.

»Ick hebb dien Swiens vorhin ein paar Blätter Salat und Möhren geven. Wie heißen die noch mol?«

»Sheila-Brigitte und Marlon-Günther.«

»Dat sünd aber komische Namen. Is dat nun modern?«

»Nee. Britt, meine Kollegin in Hamburg, konnte sich nicht für einen Namen entscheiden und hat ihnen deshalb Doppelnamen gegeben.«

»Wieso Britt? Ik denk' dat sünd deine Swiene?«

Sönke stieß einen tiefen Seufzer aus.

Das war keine Geschichte, für die er sich feiern lassen konnte. Andererseits hatte er jetzt ein Date mit Jessy. Da würde ihn nichts mehr runterziehen, also konnte er es Alva auch erzählen.

»Nun gut, Tante, ich erzähl dir mal einen Schwank aus meinem Leben.«

Alva spitzte die Lippen. »Oh, warrt dat lustig? 'ne Komödie?«

Sönke nahm noch einen Schluck von seinem Kakao.

»Eher 'ne Tragödie. Also, meine Kollegin bei der Hamburger Kripo, die Britt, ist immer aus Bad Oldesloe zur Arbeit gependelt, weil sie keine Wohnung in Hamburg gefunden hat. Und da habe ich ihr angeboten, dass sie bei mir ein Zimmer haben kann und wir eine WG aufmachen.«

»Sehr nobel von dir, min Jung!«

»Na ja, irgendwann hat sie mir dann erzählt, dass sie als junges Mädchen immer Meerschweinchen gehabt habe und sich wieder welche anschaffen wolle. Sie hat mich gefragt, ob ich etwas dagegen hätte.«

»Aber als din Schwester mal Meerswiene hatte, hast du di immer över den Gestank ut'n Stall beschwert. Du warst ja schon immer 'n büschn empfindlich für Gerüche.«

O ja, Sönke konnte sich noch gut daran erinnern, wie er bei seiner Schwester immer die Zimmertür zugeknallt hatte. »Mach die zu, das stinkt!«, hatte er sie angebrüllt. Tatsächlich mochte er den Gestank nach Urin und Heu nicht besonders. Aber dass er als Kind so aggressiv reagiert hatte, hatte in Wahrheit daran gelegen, dass ihm sein sehnlichster Wunsch nach einem Hund nicht erfüllt worden war. Seine Schwester hingegen hatte ihre Meerschweine gekriegt. »Für einen Hund haben wir keine Zeit«, hatte seine Mutter gesagt.

Alvas Stimme weckte ihn aus seinen Erinnerungen.

»Nu mal Butter bei die Fische. Dat gibt nur einen Grund, dass du dat mit den Meerswienen erlaubt hast. Du warst schwer in dat Brittchen verliebt.«

Sönke senkte den Blick.

»Könnt' wohl sein«, sagte er leise.

Tante Alva legte ihre Hand auf seine.

»Und warum, mien Jung …« Sie machte eine dramatische Pause. »… hast du dann jetzt zwee Meerswiene, aber keene Britt?«

»Weil ich ihr das wohl nicht so richtig gesagt hab …«

»Wat?«

»… dass ich sie sehr gern hab.«

»Glaubst du denn, dass die Deern dich auch mochte?«

»Ich weiß es nicht, ich habe mich ja nicht getraut das rauszufinden.«

»Und denn?«

»Und denn hat sie irgendwann der Kollege Jan Humpe-Erdel aus der Sitte zum Essen eingeladen und sie hat sich in den verguckt.«

»Aha.« Alva warf ihm einen tadelnden Blick zu. Sie ahnte wohl schon, wie die Geschichte ausging.

Sönke fuhr fort: »Britt hat mir dann freudestrahlend erzählt, dass sie mit Jan zusammenziehen wolle, dass der aber leider eine Allergie gegen Meerschweinchenhaare habe. Ob ich mich wohl um Sheila-Brigitte und Marlon-

Günther kümmern könnte, damit die nicht ins Tierheim müssen, hat sie gefragt.«

»Und da haddu Dösbaddel natürlich Ja gesagt.«

»Ja. Natürlich. Die Britt hat mich so flehend angeguckt, da konnt' ich ihr die Bitte nicht abschlagen.«

Tante Alva stand auf und schlurfte in Filzpantoffeln zum Küchenschrank. Sie kam mit zwei Schnapsgläsern und der Flasche Rum zurück.

»Jetzt brauchen wir einen pur.«

Sie schenkte ein und schob ihm sein Glas rüber.

Mit der linken Hand hob sie ihren Schnaps zum Anstoßen, mit der rechten strich sie Sönke über die Wange.

»Ach, Jung, manchmal beest du to lieb för diese Welt. Prost!«

Sönke stieß sein Glas gegen ihres und musste plötzlich über sich selbst lachen.

»Auf Sheila-Brigitte und Marlon-Günther!«, sagte er.

Kapitel 10

Frieder Weidemann

Eine Ladung kaltes Wasser traf Frieder im Gesicht. Schlagartig erwachte er aus seinem Dämmerzustand. War er in der Kneipe eingeschlafen? Er konnte sich nicht erinnern. Hatte Peter ihm einen Eimer Wasser ins Gesicht gekippt?

Das nasse Gefühl verschwand nicht, es breitete sich über seinen ganzen Körper aus. Ihm wurde kalt, furchtbar kalt. Ein salziger Geschmack lag auf seinen Lippen. Schlagartig riss er die Augen auf.

Innerhalb einer Hundertstelsekunde wurde es ihm bewusst. Sein Körper war im Wasser und dabei zu versinken. Reflexartig und plötzlich hellwach machte er mit den Armen und Beinen Schwimmbewegungen und kam zurück an die Oberfläche. Einmal konnte er Luft holen, dann schlug ihm eine Welle hart ins Gesicht.

Frieder verstand. Er war nicht irgendwo im Wasser. Er trieb in der Ostsee. Wie war er hierhergekommen? Er versuchte sich zu erinnern, was vor seinem Absturz passiert war. Doch er drohte schon wieder unterzugehen.

Vom Suff spürte er nichts mehr. Sein Körper schüttete so viel Adrenalin aus, dass er bei vollem Bewusstsein war.

Ihm blieb keine Zeit zum Nachdenken. Frieder

musste um sein Überleben kämpfen. Er strampelte mit den Beinen und machte mit den Armen Brustschwimmbewegungen, um sich an der Oberfläche zu halten.

Scheiße, war das Wasser kalt. Trotzdem musste er seine Hose und die Schuhe loswerden, sie waren tonnenschwer und zogen ihn immer wieder nach unten. Mühsam gelang es ihm, die Schuhe mit den Füßen abzustreifen. Bei der Hose war es schwieriger. Mit klammen Fingern fummelte er am Knopf herum. Immer wieder geriet sein Gesicht unter Wasser.

Geh runter, du Scheißding!

Endlich rutschte die enge Jeans über seinen Hintern. Hoffnung wallte in Frieder auf – und schlug in Panik um, als die Hose in den Kniekehlen hängen blieb. Sein Körper begann sich zu drehen wie im Schleudergang der Waschmaschine. Frieder schluckte Wasser. Er konnte die Beine nicht mehr bewegen, die Hose hing mittlerweile wie eine Fußfessel um seine Knöchel. Frieder strampelte wild. In letzter Sekunde glitt eines der Hosenbeine über seinen Fuß und er konnte sich zurück an die Wasseroberfläche kämpfen.

Hektisch atmete er ein. Luft, endlich Luft!

Konzentrieren, du musst dich konzentrieren!

Frieder trat mit den Füßen abwechselnd ins Wasser. So stemmte er seinen Körper bis zur Brust an die Oberfläche. Die Wellen waren bretthart, aber flach, sodass er sich einen Überblick verschaffen konnte.

Wo war das Ufer?

Die einzige logische Erklärung für seine Situation war, dass er sturzbetrunken irgendwo an der Hafenkante eingepennt war. Im Schlaf oder Halbschlaf musste er ins

Wasser gefallen sein, das ihn schlagartig geweckt hatte. Also sollte er in direkter Nähe zum Land sein.

Vor ihm breitete sich jedoch nur ein tiefes Schwarz aus. So musste die Unendlichkeit im All aussehen. Aber keine Hafenmauer. Mit den Armen rudernd drehte Frieder seinen Körper. Was er jetzt sah, traf ihn wie ein Schlag tief in die Eingeweide. Wie ein glitzernder Bauklotz lag das Hochhaus des Maritim Seehotels vor ihm. Die erleuchteten Fenster funkelten wie Sterne. Von seiner Position aus wirkte das Hotel ungefähr so groß wie ein Schuhkarton.

Frieder lebte seit seiner Geburt vor 58 Jahren an der See. Er wusste, was das bedeutete.

Er war weder im Hafen noch am Strand. Er trieb ungefähr drei Kilometer vor der Küste in der offenen Ostsee.

Das war viel zu weit, um an den Strand zu schwimmen. Das kalte Wasser würde ihm bald den Rest geben.

Panik breitete sich in Frieder aus.

»Hilfe, Hiiiilfe!«, brüllte er, obwohl er wusste, dass ihn niemand hören konnte.

In seinem Augenwinkel tauchte ein Licht auf. Neue Hoffnung drängte die Panik zurück.

Das könnte eine der Bojen sein, die den Schifffahrtsweg markierten. Vielleicht konnte er dort irgendwie raufklettern. Mit letzter Kraft begann Frieder auf die Lichtquelle zuzuschwimmen.

Arme … Beine … Er sah seinen Schwimmlehrer aus seiner Kindheit wieder vor sich, wie er ihm die Froschbewegungen vormachte. Die Viertelstunde, die er damals für den Freischwimmer hatte schwimmen müssen, war ihm unendlich lang vorgekommen. Jetzt konnte Frieder seinen Schwimmlehrer im Geiste hören.

»Komm, Frieder, du schaffst das. Weiter, immer weiter!«

»Ja, ich schaffe das«, stammelte Frieder. Wieder und wieder führte er die Hände zusammen und auseinander. Was war mit seinen Beinen?

Ich spüre meine Beine nicht mehr. Wo sind meine Beine?

Es war, als wären sie von einem riesigen Raubfisch abgerissen worden. Doch Frieder wusste, was passiert war. Die Kälte hatte ihm das Gefühl und die Kontrolle über seine Beine genommen.

Das verdammte Licht. Wo war das verdammte Licht?

Er musste doch gleich da sein. Frieder hob den Kopf und sah nach vorne.

Das Licht war nicht näher gekommen. Es war weiter entfernt als vorher. Was um Himmels willen war da los?

Dann verstand er. Das Licht wich vor ihm zurück.

Das ist keine Boje, dachte Frieder. Dann verschwand auch das Gefühl aus seinen Händen. Dunkelheit umfing ihn. Hatte jemand das Licht ausgeschaltet?

Nein, das war es nicht. Er war unter Wasser. Frieder hielt die Luft an. Zehn Sekunden, zwanzig Sekunden. Der Drang zu atmen wurde unermesslich groß.

Ich kann nicht mehr, war sein letzter Gedanke.

Der Atemreflex setzte ein. Wasser drang in seine Lunge.

Kapitel 11

Sönke

Das Polohemd unter dem Wollmantel klebte an Sönkes Haut, als er den klapprigen Corsa vor einer umgebauten Scheune am Brodtener Ufer parkte. Die Außenstelle »Kripo Küste« residierte bei einem Landwirt, dem die Urlauberbetreuung über den Kopf gewachsen war. Statt Ferien auf dem Bauernhof vermietete er jetzt Büroräume in idyllischer Naturlage mit Blick auf die Ostsee. Die Polizeidirektion hatte Barsch und Sönke dort günstig ein Dienstzimmer angemietet.

Es war gerade neun Uhr und er war schon seit sieben Uhr unterwegs. Zuerst hatte er für Sheila-Brigitte und Marlon-Günther einen großen Käfig gekauft und mit Heu hergerichtet, damit die beiden Meerschweinchen aus Tante Alvas großer Plastikkiste ausziehen konnten, die sie ihm zur Verfügung gestellt hatte. Laut fiepend hatten die Tiere ihr neues Heim gefeiert. Vielleicht hatten sie Sönke aber auch beschimpft, weil es so lange bis zum Umzug gedauert hatte. Jedenfalls weihten sie ihr neues Heim jetzt mit einer Gemüse-Party ein.

Anschließend war Sönke mit Tante Alva einkaufen gefahren und hatte kistenweise Sprudelwasser in den dunklen Vorratskeller des Leuchtfeuerwärterhauses geschleppt. Tante Alva bestand darauf, immer einen Vorrat für mindestens zwei Wochen im Haus zu haben. Natürlich hatte Sönke sich an der niedrigen Ziegeldecke im Keller sofort den Kopf gestoßen.

Mit einer kleinen Beule an der Stirn stieg er aus dem Auto. Er ließ das große Backsteingebäude mit den Büros hinter sich und ging zunächst den kleinen Pfad die hundert Meter bis zum Steilufer runter. Dort gelangte er auf den Wanderweg oberhalb des Strandes und schaute hinaus auf das Meer. Der Herbstwind ließ die graugrünen Wellen tanzen und schlug Schaumkronen. Der Kommissar zog den Mantel aus, breitete die Arme aus und ließ sich vom Wind trocknen. Er schnupperte kurz unter den Achseln. Die Dusche vom Morgen und das Deo hatten den körperlichen Strapazen zum Glück getrotzt. Er konnte ohne schlechtes Gewissen ins Büro gehen.

Frisch durchgepustet öffnete er den früheren Seiteneingang der Reetdachscheune und stand in dem Gemeinschaftsflur. In dem quadratischen Raum, der früher vielleicht einmal die Tenne gewesen war, befand sich auch die kleine Küchenzeile, die sie sich, genau wie das WC, mit einem Immobilienmakler teilten. Zumindest hatte man das Sönke direkt nach seiner Vertragsunterzeichnung erklärt – genau wie die Tatsache, dass er sich ein Einzelbüro abschminken konnte. Die schönen alten Dielen knarzten unter seinem Gewicht, als er weiter in den großen, offenen Raum hineinging. Ein Mann in gut sitzendem Anzug füllte gerade Kaffeepulver in einen Filter.

»Guten Morgen. Ich mache eine ganze Kanne, da können Sie sich gerne auch bedienen. Sind Sie der neue Kommissar?«, fragte der Anzugträger. Er war vielleicht

Mitte fünfzig und hatte einen Dreitagebart, der irgendwie nicht zu dem feinen Zwirn passen wollte, den er trug.

»Ja, Sönke Petersen, Kripo Küste.«

»Herzlich willkommen! Ich bin Mario Martens, Martens Immobilien. Der Mann hinter der Tür gegenüber.«

Er wies mit der ausgestreckten Hand auf die große Holztür auf der linken Seite der Gemeinschaftsdiele.

»Schön«, sagte Sönke. »Ich nehme mir gleich gerne einen Becher.«

Das hier war eine ganz andere Welt als das Polizeipräsidium in Hamburg. Klein, ruhig, friedlich und gemütlich könnte man meinen – oder eben piefig, hinterwäldlerisch, ein Abstellgleis. Sönke schaute sich um und bereute für einen Moment Hamburg den Rücken gekehrt zu haben. Mit 35 Jahren fühlte er sich zu jung, um seine Karriere für den Job des Dorfpolizisten aufzugeben. Andererseits trog der Schein, schließlich war er seit seinem ersten Tag einem Mörder auf der Spur. Friedliches Dorfleben ging anders.

Er wollte gerade die Tür zu ihrer kleinen Wache öffnen, da kam ihm ein Gedanke.

»Sie sind ja Immobilienmakler. Haben Sie davon gehört, dass die alte Möwenschenke verkauft werden sollte?«, fragte er Martens.

»Na klar. Der Knut war vor ein paar Wochen bei mir und hat gesagt, ich solle mich mal umhorchen, was er für das Haus kriegen könnte. Der Schuppen ist zwar ziemlich ranzig, aber das Grundstück ist Gold wert. Da kann man wunderbar ein Doppelhaus oder Ferienwohnungen in top Lage draufzimmern.«

»Was denken Sie, wie ernst war es dem Wirt?«

»Das kann ich nicht sicher sagen. Ein offizieller Auftrag war es nicht. Eher so eine lose Anfrage. Ich sollte mich auch bedeckt halten.«

»Wer wusste denn von dem Plan?«

»Also, eigentlich habe ich nur beim Käffchen mit Ihrem Kollegen hier im Flur darüber geschnackt, der ist ja schon ein paar Wochen vor ihnen eingezogen.«

»Dann weiß ich Bescheid. Danke.« Sönke hob die Hand zum Abschied und öffnete die Tür zu ihrem Büro.

Der kleine Raum bot gerade so genügend Platz für die beiden Schreibtische, die sich darin befanden. Barsch war schon da. Wie aus dem Ei gepellt, mit frisch geföhntem Seitenscheitel saß er an dem hinteren Tisch mit dem Rücken zum Fenster und tippte wild auf seinen Laptop ein.

»Good morning in the moooooorning«, rief er fröhlich, als er Sönke eintreten sah.

»Moin«, antwortete dieser und ließ sich auf den Stuhl am Schreibtisch gegenüber fallen. »Was haust du denn schon so eifrig in die Tasten?«

»Ich mache Brainstorming mit mir selbst und überlege, wo wir überall mit unseren Ermittlungen ansetzen könnten.«

»Oha. Da bin ich gespannt. Eine Idee habe ich auch. Vielleicht hatte der Tod von Rasmus ja etwas damit zu tun, dass er die Kneipe verkaufen wollte. Der Immobilienmakler hat nur dir davon erzählt. Also, mit wem hast du alles darüber geschnackt?«

Barsch hörte auf zu tippen und sah hoch. »Warum sollte das etwas damit zu tun haben?«

»Keine Ahnung. Aber der Verkauf wäre ein Wendepunkt in Knut Rasmus' Leben gewesen und genau da wurde er ermordet. Kann Zufall sein, muss es aber nicht.«

Sein Partner kratzte sich am Kopf. »Puuh. Ich bin nicht sicher. Vielleicht habe ich hier und da mal etwas fallen lassen. Das kann sich natürlich verbreitet haben.«

»Du bist eine alte Klatschtante«, zog Sönke ihn auf.

»Och, so würde ich das jetzt nicht sagen«, protestierte Barsch zaghaft. »Außerdem würde es uns gar nicht helfen, wenn ich mich noch an jeden Klönschnack erinnern könnte. Denn wir wissen ja nicht, wem der alte Rasmus selbst davon erzählt hat.«

Da hatte sein Partner einen Punkt, das wussten sie wirklich nicht. Sönke ging jedoch nicht davon aus, dass Rasmus wie ein Marktschreier herumgelaufen war.

»Stimmt. Viele können es aber nicht sein. Zumindest wusste sein eigener Sohn offenbar nichts davon. Und unseren Makler Martens hat er um Diskretion gebeten«, sagte Sönke.

Barsch legte den Finger ans Kinn und streckte ihn schließlich triumphierend in die Höhe.

»Ich wette, ich weiß warum. Er wollte Peter nicht verunsichern und sich erst sicher sein, wie er sich entscheidet und wie viel sie für die Hütte bekommen. Das hübsche Sümmchen hätte er dann als Überraschung präsentiert.«

»Bist du dir denn sicher, dass Peter Rasmus sich über den Verkauf der Kneipe gefreut hätte?«

»Na klar, ein ordentlicher Batzen Geld auf dem Konto ist doch besser, als jeden Abend in der Ranzbude Schicht zu schieben.«

Sönke wiegte unsicher den Kopf. »Kann sein, aber ich schlage vor, wir recherchieren das noch mal. Apropos recherchieren. Was sind denn deine Ermittlungsansätze, die du da so fleißig eingetippt hast?«

»Na ja. Es gibt zwei Möglichkeiten. Entweder wir haben einen unheimlichen Mörder, für den unser Wirt nur ein Zufallsopfer war, oder es hatte jemand ein Problem mit ihm. Peter Rasmus wusste zwar nichts von irgendwelchen Feinden, aber ich denke, wir sollten noch mal Knuts Freundeskreis unter die Lupe nehmen. Vielleicht wissen die etwas, das der Peter nicht weiß.«

»Oder einer von ihnen hatte selber Ärger mit unserem Opfer«, warf Sönke ein.

Barsch sprang entschlossen auf. »Dann kriegen wir das raus.«

Sönke kratzte sich an der Stirn. »Und wenn wir doch einen Täter mit einem intrinsischen Motiv haben, dann müssen wir damit rechnen, dass er wieder zuschlägt.«

»Wat ist denn intrinsisch?«

Sönke verkniff sich ein Lächeln. Er freute sich über die Nachfrage. Barsch legte ganz offensichtlich viel Wert auf Äußerlichkeiten, aber er war nicht so eitel, dass er so tat, als würde er etwas verstehen, was ihm eigentlich unklar war. Er fragte nach. Egal was sein Gegenüber über ihn denken mochte. Das war eine sehr gute Eigenschaft für einen Kommissar. Ein Ermittler durfte sich nicht durch Eitelkeit selbst Steine in den Weg legen.

»Das bedeutet, dass die Gründe für sein Handeln von innen aus ihm selbst heraus kommen. Das kann zum Beispiel eine psychiatrische Erkrankung oder ein sexuelles Motiv sein«, erklärte Sönke.

Barsch schnitt eine Grimasse. »Sexuell? Bei dem alten Knut ...?«

Sönke verzog das Gesicht. »Mensch, Barsch«, sagte er mit tadelndem Unterton, »das war doch nur ein Beispiel.«

»Hundebabys, Hundebabys!«, rief sein Kollege.

Jetzt sah Sönke ihn irritiert an. »Hä?«

»Ich musste schnell die Bilder im Kopf durch andere ersetzen.«

Sönke seufzte. Sein Partner hatte einen leicht schrägen Humor. Irgendwie konnte er ihm aber auch nichts übel nehmen. Barsch war eben Barsch. Er reagierte also gar nicht weiter auf das »Hundethema« und sagte trocken: »Dann schlage ich vor, wir machen uns auf die Socken. Was schlägst du vor? Mit wem wollen wir zuerst sprechen?«

»Mit unserem Kurdirektor Torsten Brandmeier und mit Frieder Weidemann.«

»Frieder. Den Namen habe ich schon mal gehört.«

»Ja, das ist einer der Männer, die gestern in der Kneipe waren.«

»Stimmt. Einer der zwei Schluckspechte an der Bar.« Sönke stand auf und schnappte sich seinen Mantel. »Dann nix wie los.«

Kapitel 12

Sönke

Die Tourist-Info war unweit vom Strand neben der Lotsenstation in einem modernen Quaderbau aus Glas und Holz untergebracht. Sönke und Barsch drückten sich an den Regalen voller bunter Hochglanzprospekte und maritimer Mitbringsel vorbei zum Empfangstresen.

Elegant warf Barsch seinen Dienstausweis auf den Tisch. »Zum Kurdirektor, bitte.«

Die junge Dame im marineblauen Kostüm hinter dem Tresen reagierte nicht so beeindruckt, wie Barsch es sich wahrscheinlich erhofft hatte. In aller Ruhe studierte sie das Plastikkärtchen, kam jedoch offenbar zu dem Schluss, dass es sich um keine Fälschung handelte.

»Folgen Sie mir.« Sie winkte die beiden Ermittler hinter sich her und führte sie durch eine Tür. Sie passierten eine kleine Küche mit Aufenthaltsraum und die Toiletten, bis sie in einem schmalen Flur vor einer offen stehenden Bürotür landeten. Ein Mann in tadellos sitzendem Anzug sprang hinter einem riesigen, aufgeräumten Schreibtisch auf. Sein Haar war pechschwarz, aber die grau melierten Schläfen verrieten, dass der Tourismuschef da mit reichlich Färbemittel nachgeholfen hatte.

Der Mann erkannte Barsch sofort.

»Oha, die Polizei. Herzlich willkommen!«, rief er und kam hinter seinem Tisch hervor, um seinen Besuch zu einem gläsernen Besprechungstisch zu führen, der von einigen Ledersesseln umringt war.

Am Ende ist Travemünde eben nur ein Dorf, dachte Sönke. Und nachdem er sich vorgestellt hatte, kannte der Tourismuschef nicht nur Hauke Barsch, sondern auch ihn.

»Was führt Sie her?«, kam Brandmeier gleich zur Sache.

»Sie waren mit dem verstorbenen Gastronomen Knut Rasmus befreundet?«, fragte Sönke.

Brandmeier lachte bitter.

»Entschuldigung, Gastronom ist gut. So hätte Knut sich nie bezeichnet. Er hat immer gesagt, dass seine Gäste so einen Durst haben, dass er mit den Jahren zum schnellsten Bierzapfer nördlich des Äquators geworden ist. Und so hat er sich auch selber genannt. *Professioneller Bierzapfer.*«

Sönke schmunzelte. »Klingt so, als wäre er ein ganz anderer Schlag Mensch gewesen als Sie?«, fragte er mit Blick auf den feinen Zwirn des Tourismuschefs. »Was hat Sie verbunden?«

»Die Vergangenheit. Wir sind beide in der Fehlingstraße aufgewachsen.«

»Wenn Sie sich so lange kannten, hatten Sie bestimmt ein enges Verhältnis. Ist Ihnen in den vergangenen Wochen etwas Ungewöhnliches an ihm aufgefallen?«

Brandmeier warf ihnen nacheinander einen fragenden Blick zu. »Wieso, war es kein Unfall?«

Barsch machte ein wichtiges Gesicht. »Sie können sich eine Antwort aussuchen. Ich habe ,Wir stellen hier die Fragen' oder ,Die Ermittlungen dauern noch an' zur Auswahl.«

Sönke erschien der Spruch seines Kollegen unangebracht, schließlich hatte Brandmeier gerade erst einen guten Freund verloren. Manchmal fehlte Barsch offenbar das richtige Gespür für eine Situation. Andererseits schien der Tourismuschef nicht der sentimentale Typ zu sein. Das bestätigte er jetzt.

Er fühlte sich nicht angegriffen. Im Gegenteil, er sah aus, als hätten sie ihn in ein Geheimnis eingeweiht.

Wissend zog er mit dem Finger das untere Augenlid runter. »Na klar, ich verstehe schon. Da ist etwas passiert, aber Sie dürfen es mir nicht sagen.«

Barsch ließ das so stehen und Sönke wiederholte seine Frage: »Und? Ist Ihnen etwas Ungewöhnliches aufgefallen?«

Brandmeier überlegte und sein Gesichtsausdruck wechselte ins Ernste. Für Sönke sah es so aus, als sei seinem Gegenüber plötzlich etwas aufgefallen, was ihn besorgte.

»Ja?«, hakte er zum dritten Mal nach.

»Also, Sie müssen wissen, es ist nicht so, dass wir beste Freunde waren und uns ständig gesehen haben. Nur wenn wir uns zufällig über den Weg gelaufen sind, haben wir einen Klönschnack gehalten. Und einmal im Monat haben wir uns zum Karten spielen getroffen. Und wenn Sie mich so fragen, ja, ich finde, da war er das letzte Mal anders.«

Sönke konzentrierte sich. Jetzt wurde es spannend.

»Inwiefern?«

»Knut war ruhiger als sonst und wirkte abgelenkt. Irgendetwas hat ihn beschäftigt.«

»Haben Sie ihn gefragt, was los ist?«, wollte Barsch wissen.

»Na klar, aber ein Kartenabend in der Kneipe ist da nicht der richtige Rahmen.«

Sönke wurde ungeduldig. »Was bedeutet das nun wieder?«

»Das heißt, ich habe gefragt: ‚Alles klor?‘ Und er hat geantwortet: ‚Jo, allens klor.‘ Damit war das Thema erledigt.«

Sönke konnte seine Enttäuschung nicht verbergen. »Also haben Sie nicht wirklich darüber geredet, was ihn beschäftigt.«

Brandmeier schüttelte den Kopf.

»Nee, haben wir nicht.«

Schulter an Schulter gingen die beiden Kommissare wenige Minuten später zu ihrem Streifenwagen, den sie auf einer Hoteleinfahrt gegenüber der Tourist-Info geparkt hatten. Sönke fiel auf einer Parkbank ein Mann auf. Er lag auf dem Bauch auf der Sitzfläche.

»Warte kurz.« Sönke joggte die paar Meter zu der Person. »Hey, alles klar? Geht es Ihnen gut?«

Der Mann antwortete nicht.

»Hey!«, rief der Kommissar noch einmal lauter. Immer noch kein Laut. Sönke rüttelte den Mann sanft an der Schulter.

Endlich eine Antwort. »Lass mich in Ruhe … schlafen«, nuschelte dieser.

Barsch kam herüber. »Keine Sorge, das ist unser Hans. Früher hat er als Fischer gearbeitet, jetzt ist er arbeitslos und Trinker. Der schläft seinen Rausch gerne an der frischen Seeluft aus.«

Sönkes besorgter Gesichtsausdruck klarte auf.

»Na, dann ist gut.« Er machte kehrt und ging zum Auto. »In Hamburg ist mal einer mit einem Herzinfarkt auf der Bahnhofsbank gestorben. Zwei Kollegen hätten ihn retten können, sind aber vorbeigegangen, weil sie ihn für einen schlafenden Obdachlosen gehalten haben. Seitdem frage ich lieber zweimal nach.«

Sönke wollte sich nicht ausmalen, wie er sich fühlen würde, wenn ihm so etwas passieren würde. Er neigte ohnehin zu Schuldgefühlen und dazu, sich für alles und jeden verantwortlich zu fühlen. Das spürte er jetzt auch gegenüber Travemünde und seinen Bewohnern.

Barsch nickte. »Kann ich gut verstehen. Fahren wir jetzt zu Frieder Weidemann?«

Sönke sah auf die Uhr. »Ja, genug Zeit haben wir noch.«

Sein Herzschlag beschleunigte sich, als er realisierte, dass es nur noch sechs Stunden bis zu seiner Verabredung mit Jessy waren. Eilig stieg er in den Streifenwagen und zwang sich seine Gedanken zurück auf den Fall zu lenken. Nervös konnte er später immer noch sein; jetzt musste er sich konzentrieren.

Als sie den schmucklosen Wohnblock nahe der Bundesstraße erreichten, hatte Sönke sich wieder beruhigt.

An der Wohnungstür im dritten Stock fiel ihm das getöpferte Schild mit der Aufschrift *Weidemann* gleich ins Auge. Dreimal klingelten sie. Anschließend bollerte Barsch mit der Faust gegen die Tür, doch es öffnete niemand. Dafür steckte plötzlich eine ältere Frau aus der Nachbarwohnung ihren Kopf durch die Tür.

»Was ist denn hier los?«

»Wir suchen Frieder Weidemann«, sagte Sönke. Dass sie von der Polizei waren, ließ er weg. Die Leute zerrissen sich schnell das Maul.

Zum Glück fragte die Dame nicht nach. Sie warf einen Blick auf die Uhr an ihrem Handgelenk. »HSV spielt. Das guckt Frieder immer zusammen mit Horst, der hat Sky.« Sie zeigte mit dem Daumen nach oben. »Ein Stockwerk höher. Bei Hohmann klingeln.«

Keine Minute später standen die zwei Polizisten wieder vor einer Wohnungstür. Sie klingelten und fast augenblicklich wurde geöffnet. Doch da war niemand. Die Tür wurde einfach zur Hälfte aufgerissen. Das Trampeln von Füßen verriet ihnen, dass die Person, die geöffnet hatte, schnurstracks kehrtgemacht hatte und drauf und dran war, in den Tiefen eines dunklen Wohnflures zu verschwinden.

Barsch tippte die Tür an, sodass sie ganz aufschwang. »Äh«, machte er.

»Komm rin, hat schon angefangen. Steht 1:0!«, rief ein massiger Mann, der durch den Flur stapfte, ohne sich umzusehen. Seine Stimme war dröhnend und tief.

»Für wen?«, fragte Sönke.

»Für den HSV natürlich!«

»Sehr gut.«

Erst jetzt fiel dem Mann, der Horst Hohmann sein musste, auf, dass die Stimme, die ihm da antwortete, nicht die war, die er erwartet hatte.

Er drehte sich um. »Hä? Wer sind Sie denn?«

Die beiden Ermittler stellten sich vor.

»Tschuldigung, ich hatte mit jemand anderem gerechnet«, brummte Hohmann.

»Mit Frieder Weidemann?«, fragte Sönke.

»Jo, Frieder und ich sind zum Fußballgucken verabredet.«

»Könnte er es vergessen haben?«

Der dicke Mann zog erst seine Jogginghose hoch und dann die Augenbrauen. Er warf den Kommissaren einen Blick zu, der wohl so viel bedeuten sollte wie: *Ihr habt wirklich von Tuten und Blasen keine Ahnung.*

»Frieder? Niemals. Seit zwei Jahren habe ich das TV-Abo. Seitdem hat der HSV 68 Ligaspiele absolviert. Wissen Sie, wie viele davon wir zusammen geguckt haben?«

Sönke zuckte mit den Schultern. »68?«

»Exaktamente! Deswegen war ich mir auch so sicher, dass Frieder vor der Tür steht.«

Im Wohnzimmer war ein kollektives Jubeln von Fans zu hören. Horst Hohmann machte einen Schritt zur Seite und warf einen Blick in den Raum.

»Gegner hat 'nen Elfer verschossen«, informierte er. »Was wollen Sie überhaupt von mir?«

Der Hauptkommissar schüttelte den Kopf. »Von Ihnen wollen wir gar nichts. Wir hatten gehofft Frieder Weidemann hier anzutreffen.«

Sein Gegenüber schaute alarmiert.

»Keine Sorge, ihm wird nichts vorgeworfen. Wir wollten mit ihm als Zeugen sprechen. Wann haben Sie zuletzt von Ihrem Freund gehört?«, fragte Sönke.

»Mmh.« Hohmann zog sein Mobiltelefon aus der Hosentasche und wischte über das Display. »Vorgestern hat er mir noch eine Whatsapp geschrieben, dass er Bier und Chips mitbringt. Seitdem ist Funkstille. Ich hatte ihn heute noch mal angemorst, ob er schon früher kommt.

Er hat aber nicht mehr geantwortet. Das ist ziemlich ungewöhnlich. Er ist eigentlich dauernd am Handy.«

Er kratzte sich am stoppeligen Kinn.

»Muss ich mir Sorgen machen?«

»Ach.« Barsch winkte ab. »Warten wir erst mal ab.
Das muss nichts bedeuten.«

Sönkes Gefühl war jedoch ein ganz anderes. Hier
stimmte etwas nicht. Ganz und gar nicht. Und der nach-
denkliche Blick seines ansonsten dauerfrohen Kollegen
verriet ihm, dass dieser Hohmann nur hatte beruhigen
wollen. Barsch hatte die gleiche Befürchtung wie er.

Kapitel 13

Sönke

Sönke tupfte sich mit einem Küchentuch den Schweiß von der Stirn.

»Vegetarisches Hack, Kartoffeln, Karotten, geriebener Käse, Sahne ...« Vor sich hin murmelnd glich er die Zutaten, die er auf dem Esstisch ausgebreitet hatte, mit dem Rezept auf seinem Handy ab.

Dem Himmel sei Dank, er hatte alles. Sönke atmete durch. Die erste Hürde war genommen. Der Kommissar hatte sich für einen italienischen Gemüseauflauf entschieden. Dahinter steckte eine ausgeklügelte Strategie: Bei einem Auflauf konnte er nichts in der Pfanne anbrennen oder im Topf verkochen lassen. Die Form kam 45 Minuten bei 180 Grad Umluft in den Ofen, und das war alles. Selbst er würde das hinkriegen. Vermutlich. Außerdem brauchte er die Dreiviertelstunde dringend. In seinem Zeitplan war der Slot vorgesehen, um unter die Dusche zu springen und sich rauszuputzen.

Eine Hand legte sich auf seine Schulter.

»Soll ich dir nicht doch was helfen, min Jung?«, fragte Tante Alva.

»Nein danke.« Sönke drehte sich nicht zu seiner Tante um. Er war zu angespannt, außerdem ahnte er, dass es hier nicht nur um ein uneigennütziges Angebot ging. Tante Alva hatte schon ihr Leben lang der Neugier gefrönt.

»Wolltest du dich heute Abend nicht mit deiner alten Freundin Inge treffen? Du hast das versprochen, damit ich mit meinem Besuch in der Küche essen kann«, fragte er mit leicht tadelndem Unterton.

»Jo, aber ich dacht', zu der Inge kann ich och noch 'n büschen später fahren. Dat wird ja nicht gleich bei euch beiden Turteltauben zur Sache gehen.«

»Tante!« Sönke spürte, wie er rot anlief. »Hier geht gar nichts zur Sache – und in deiner Küche sowieso nicht.«

»Na, siehste, denn kann ick noch mol 'n Blick auf deine Herzdame werfen. Wie hitt sie noch gleich? Jessica?«

Sönke kniff streng die Augen zusammen. »Sie heißt Jessy, ist eine Freundin und nein, du darfst keinen Blick auf sie werfen.«

Tante Alva zog eine Schnute. Sie machte sich auf den Weg in Richtung Garderobe, zog ihren Mantel über und warf noch einen Blick in die Küche. Ein breites Grinsen lag auf ihrem Gesicht.

»Gegen 23 Uhr bin ick zurück. Nur für diene Planung, falls ihr doch in de Köök … na ja, du weißt schon.«

Sonke schwang scherzhaft drohend den Kochlöffel. »Ist gut jetzt! Tschüs!«

Der Hauptkommissar atmete erleichtert auf, als die alte Dame endlich die Tür hinter sich ins Schloss zog. So gerne er seine Tante mochte, eines war klar: Er brauchte zügig eine eigene Wohnung.

Bei dem Gedanken kam ihm eine Idee. Der Immobi-

lienmarkt an der Ostsee war ein sehr gutes, unverfäng-
liches Thema für Small Talk mit Jessy. Sönke lief zur
Fensterbank, auf der ein kleiner Zettel lag. Einige mögliche Gesprächsthemen hatte er sich schon notiert. *War-
mer Herbst / Wie gefährlich ist das Tauchen?/ Wo bist du aufgewachsen? / Der Tourismus in Travemünde.*

Keine Ahnung, ob er seinen Spickzettel brauchen
würde. Normalerweise konnte er stundenlang reden,
sogar kleine Reden vor Kollegen nur mit Stichwortzettel
halten. Aber »normalerweise« war nicht heute und
Sönke hatte keine Lust, dass er vor lauter Aufregung ins
Stottern kam. Sicher war sicher.

Das Papier schob er hinter eine Blumenvase. Wenn
er nicht mehr wüsste, was er sagen sollte, würde er aufstehen, unauffällig rumschlendern und so tun, als würde
er einen Blick aus dem Fenster werfen.

Die Zeit raste. Draußen war es schon dunkel, als er seinen Auflauf in den Ofen schob. In einer halben Stunde
würde Jessy kommen.

Verdammt, er musste aufräumen. Den Tisch hatte er
zwar schon mit Servietten und Kerzen dekoriert, aber
den Rest des Raumes hatte er beim Kochen in ein
Schlachtfeld verwandelt. Schnell ließ er allen Müll in
einem großen Abfallsack verschwinden. Die Abfalltren-
nung musste heute ausnahmsweise ausfallen. Mit einem
nassen Lappen wischte er alle Flächen ab und sprang
dann unter die Dusche. Dabei bekam er Panik. Er hatte
Sorge, Jessy könnte früher kommen als verabredet. Wenn
er ihr im Bademantel die Tür öffnete, könnte sie das übel
missverstehen.

Wahrscheinlich würde sie auf dem Absatz kehrtma-
chen. Sönke sah das Bild schon vor sich. Krampfhaft versuchte er es beiseitezuwischen, doch es gelang ihm nicht.

Die viel zu vielen Gedanken, die er sich machte, waren
alle umsonst. Natürlich. Jessy kam nicht zu früh, sondern
fünf Minuten zu spät. Leger in Jeans und blauem Hemd
und begleitet von einer Aftershave-Duftwolke schwebte
Sönke zur Tür. Dreimal atmete er kräftig durch.

Bleib ganz ruhig. Sei einfach du selbst.

Er öffnete.

Kapitel 14

Sönke

Sönkes Puls ging langsam runter. Er hatte den Auflauf unfallfrei serviert, Jessy hatte ihre ganze Portion aufgegessen und das Gespräch war noch nicht einmal ins Stocken gekommen. Sie hatten tatsächlich über das Wetter, das Tauchen und seine Arbeit als Polizist gesprochen – ohne dass er zwischendurch auf den Zettel hatte schauen müssen.

Dazu wäre auch keine Gelegenheit gewesen, weil er die ganze Zeit seinen Besuch ansehen musste. Jessy trug ein blaues Kleid und hatte die Haare hochgesteckt. Um ihren Hals lag eine Kette mit einer wunderschönen Schaumkoralle. Sönke ermahnte sich immer wieder sie nicht anzustarren. Kein Zweifel, er war verliebt. Schwer verliebt.

Er goss ihnen den Rest aus der Flasche Rosé ein und stand auf, um einen neuen Wein aus dem Kühlschrank zu holen.

»Wenn du in Travemünde aufgewachsen bist, hast du dann noch mehr Familie hier außer deiner Tante?«, fragte sie.

»Eine Schwester in Lübeck. Sie arbeitet auch bei der Polizei.«

Er fischte die kalte Flasche aus dem Kühlschrank und wandte sich wieder seinem Besuch zu. Jessy lächelte ihn an.

»Und wie ist es mit deinen Eltern?«

Der Kommissar konnte spüren, wie seine Mundwinkel in den Keller rutschten.

»Mmmh«, machte er.

»Mmmh wie falsches Thema?«, fragte sie ganz offen. Ob ihrer direkten Art musste er nun doch ein wenig lächeln.

»Na ja, wir haben kein gutes Verhältnis. Wie ist es mit dir? Hast du Familie?«

Jessy hakte nicht weiter nach. »Nur meine Eltern. Sie leben in Spanien und ich sehe sie eigentlich nur an Weihnachten oder wenn ich mal am Mittelmeer Urlaub mache.«

»Du bist aber keine Spanierin, oder?«

Jessy prustete vor Lachen. »Das komplette Gegenteil, ich bin ein Kind des Ruhrpotts. Aufgewachsen in Essen.«

Sönke setzte sich wieder an den Esstisch. Unauffällig blickte er auf die Uhr an der Wand. 21.30 Uhr. Es war noch genug Zeit, bis Tante Alva nach Hause kam. Spontan dachte er an seinen Zettel mit den Gesprächsthemen. Ihm fiel ein, dass sie noch gar nicht über den Fall gesprochen hatten, bei dem sie sich kennengelernt hatten.

Jessy schien seine Gedanken lesen zu können. »Kommt ihr mit der Mordermittlung voran?«, fragte sie.

Er überlegte, wie viel er sagen konnte, und kam zu dem Schluss, dass es unmöglich war, zu viel zu verraten. Sie hatten ja sowieso nichts.

»Na ja, wir suchen nach einem Motiv. Was könnte jemand gegen Knut Rasmus gehabt haben? Kanntest du ihn?«

»Nicht näher. Seine alte Hafenspelunke war nichts für mich. Trotzdem kann ich mir nicht vorstellen, dass jemand ihm etwas Böses wollte. Ich habe ihn sehr geschätzt.«

Sönke legte den Kopf schief und blickte sein Gegenüber fragend an. »Inwiefern?«

Jessy sah einen Moment zur Decke. Ihre Gedanken schienen kurz abzutreiben. Rang sie um Fassung? Als sie wieder zu ihm blickte, zwang sie sich zu einem Lächeln.

»Er hat mir mal das Leben gerettet.«

»Oh.« Ein Laut des Erstaunens entfuhr dem Kommissar. Mit dieser Antwort hatte er nicht gerechnet.

Er beugte sich vor zu Jessy. Deshalb war sie also am Tatort so mitgenommen gewesen. Sie hatte um den Toten getrauert.

»Was ist passiert?«, fragte er vorsichtig.

»Erinnerst du dich an das Schiffsunglück vor vier Jahren?«

»Du meinst, als das Ausflugsschiff *Seeadler II* draußen auf der Ostsee bei einem Sturm gesunken ist?«

»Exakt. Ich war mit an Bord, zwanzig Menschen ertranken. Knut Rasmus war damals ebenfalls Passagier und hat mich ins Rettungsboot gebracht. Allein hätte ich es nicht geschafft. Ich war verletzt, weil ein Schrank auf mich gefallen war.«

Ihr Gesicht verdüsterte sich, während sie sprach. Die Erinnerungen an das Drama, das sich damals auf See abgespielt hatte, belasteten sie offenbar noch heute.

Plötzlich sprang Jessy auf. »Lass uns jetzt nicht darüber reden. Welche Musik magst du am liebsten?«

Sönke akzeptierte den Themenwechsel sofort. Es war

ihr erstes Treffen, er wollte sie nicht belasten. Also überlegte er. Es gab viele Bands und Sänger, die er gerne hörte. »Bosse. Kennst du den Sänger?«

»Natürlich.« Sie machte ein gespielt beleidigtes Gesicht, zog ihr Handy heraus und tippte darauf herum.

»Das ist mein Lieblingslied von ihm«, sagte sie.

Kurz darauf erklangen die ersten Takte von *Der letzte Tanz.*

»Jahre ziehen vorbei …«, sang Bosse.

Jessy streckte ihre Hand aus. »Tanzt du?«

Sönke spürte, wie sein Mund trocken wurde und sein Herz wild zu pochen begann. Noch nie hatte er sich mit einem anderen Menschen oder in einer Disco auf die Tanzfläche gewagt. Er hatte sich nicht getraut und sein ganzes Leben nur getanzt, wenn er allein in seiner Wohnung gewesen war.

Er blickte Jessy an, dann ihre Hand. So unglaublich gern wollte er diese Hand berühren.

Dann musst du jetzt mutig sein, dachte er und hörte sich wenige Sekunden später selbst sagen: »Ja, na klar.«

Kapitel 15

Sönke

Sönke wachte mit einem Lächeln auf. Sie hatten eine Stunde durchgehend getanzt und nebenbei noch eine Flasche Wein geleert.

Und er hatte sich nicht lächerlich gemacht. Jessy hatte nicht über ihn gelacht, sondern mit ihm gemeinsam. Kurz vor 23 Uhr, bevor Tante Alva kam, hatte er sie zu Fuß nach Hause begleitet. Sie wohnte nicht weit entfernt über einem der Restaurants am Hafen. Zum Abschied hatte er Jessy in den Arm genommen und geküsst. Aber nur auf die Wange, ganz zärtlich.

Jessy hatte sich zurückgelehnt und ihm einige flirrende Sekunden lang tief in die Augen geschaut. Wahrscheinlich wäre das der Moment gewesen, in dem er sie richtig hätte küssen sollen.

Doch er hatte in diesem Moment Angst vor der eigenen Courage gehabt. Angst davor, diesen wunderbaren Abend doch noch kaputt zu machen. Nichts wäre schlimmer gewesen, als die Zeichen falsch zu deuten und einen Korb zu bekommen.

Natürlich wusste er, dass er sich wie ein verschüchterter Teenager benommen hatte. Und dass er niemals eine Partnerin finden würde, wenn er immer einen Rückzieher machte, sobald es ernst wurde. Seine letzte Beziehung und übrigens auch der letzte Sex waren über fünf

Jahre her und hätte seine damalige Freundin nicht den ersten Schritt gemacht, würde der Zeitpunkt noch deutlich länger zurückliegen.

Sönke wollte sich jedoch die Stimmung nicht verderben lassen und redete sich sein Verhalten damit schön, dass Jessy es bestimmt zu schätzen wusste, dass er kein Mann war, der gleich am ersten Abend mit ihr ins Bett wollte. Er war eben ein Gentleman. Und außerdem hatte er noch eine Chance, mutiger zu werden. Während sie ins Treppenhaus gegangen war, hatte sie gesagt, dass sie sich freuen würde, wenn sie sich bald wiedersehen könnten.

Fröhlich hüpfte er aus dem Bett und holte als Erstes eine Handvoll Salatgurkenscheiben für Sheila-Brigitte und Marlon-Günther. In freudiger Erwartung standen die zwei wuscheligen Langhaarmeerschweinchen bereits auf den Hinterbeinen am Gitter und fiepten laut.

»Ja, guten Morgen! Ihr kleinen Racker sollt natürlich auch etwas Schönes bekommen«, begrüßte Sönke die Tiere, öffnete die obere Klappe und streichelte über ihr flauschiges Fell. »Tut mir leid, Leute. So niedlich ihr auch seid, Jessy ist tausendmal schöner als ihr.« Er lachte und kippte die Gurkenstücke in die Mitte des Käfigs. Sofort stürmten die zwei Fellknäuel los.

»Seht ihr, für ein bisschen Gurke werdet ihr mir gleich untreu. Das würde Jessy niemals tun. Die fand mich interessanter als den Auflauf.«

Mit einem Lächeln im Gesicht und einem To-Go-Becher Kaffee in der Hand schwang der Kommissar sich eine halbe Stunde später in den alten Corsa seiner Tante. Er hatte mit Barsch abgemacht, gleich am Morgen noch mal nach Frieder Weidemann Ausschau zu halten, bevor er auf die Wache kam. Sönke klapperte die Wohnung und den früheren Kiosk des Mannes ab. Der Hauptkommissar sprach auch erneut mit der Nachbarin und dem Fußballkumpel Hohmann. Und mit jedem Versuch, den Vermissten zu finden, verschwand ein Stück des Lächelns in seinem Gesicht. Frieder Weidemann war nirgendwo aufgetaucht.

Zuletzt versuchte Sönke es in der Tageskneipe. Um 10 Uhr morgens war selbst die Möwenschenke noch nicht geöffnet. Trotzdem stand die Tür halb offen. Peter Rasmus war schon im Laden und lüftete durch, während er stoisch die Folgen der letzten Nacht beseitigte. In dem dunklen Schankraum stank es nach kalter Asche und schalem Bier. Nicht einmal die frische Seeluft konnte den Gestank vertreiben.

Der junge Wirt war so beschäftigt, dass er Sönkes Eintreten gar nicht bemerkte. Mit müden Augen spülte er Bierhumpen, polierte Tulpengläser mit seiner fleckigen Schürze und leerte Zigarettenkippen in einen großen Mülleimer.

Sönke klopfte mit den Fingerknöcheln gegen einen Holzpfeiler, um auf sich aufmerksam zu machen. Peter Rasmus erwachte aus seiner Lethargie und blickte auf.

»Moin. Gibt's was Neues wegen Vaddern?«, fragte er.

»Moin. Leider noch nicht. Ich habe aber eine Frage. Haben Sie zufällig Frieder Weidemann gesehen?«

»Heute? Nö. Vielleicht kommt er nachher, wenn ich aufmache. Gestern hat er ja ausgesetzt.«

»Das heißt, er war gestern nicht bei Ihnen in der Schenke?«

»Genau. Gestern war ohnehin nicht so viel los.«

Sönke blickte auf das Meer an Gläsern und dreckigen Aschenbechern. »Sieht aber nicht so aus.«

Peter Rasmus winkte ab. »Ach, das ist doch gar nichts. Vorgestern Abend war hier die Hölle los.«

»Der Tag, an dem wir Ihnen die Todesnachricht überbracht haben?«

»Genau. Kam mir sehr gelegen, so war ich abgelenkt. Wenn der Laden voll ist, funktioniert man nur noch. Wie so eine Maschine.«

Sönke machte ein skeptisches Gesicht. »Manchmal muss man seine Gefühle auch zulassen und sich damit auseinandersetzen. Nicht immer ist Ablenkung der richtige Weg.«

Der junge Wirt zog die Oberlippe bis zur Nase hoch und ließ sie wieder fallen. »Vielleicht. Jedenfalls war das auch der Abend, an dem ich Frieder zum letzten Mal gesehen habe. Er war am Nachmittag ein paar Stunden zu Hause und ist dann wiedergekommen. Hat sich richtig die Kante gegeben.«

»Hat er mit irgendjemandem geredet?«

»Keine Ahnung. Ich habe keine Zeit, meine Gäste zu beobachten.«

»Wissen Sie denn, wann er nach Hause gegangen ist?«

Rasmus streckte entschuldigend die Handflächen nach oben.

»Tut mir leid. Keine Ahnung. Ich kann nur sagen, dass mir irgendwann aufgefallen ist, dass er nicht mehr da war, weil er nämlich mal wieder nicht gezahlt hat.«

»Weidemann prellt die Zeche?«

»Na ja, so hart würde ich es nicht sagen. Er hat einen Bierdeckel, auf den er anschreiben lässt. Irgendwann zahlt er dann auch.«

»Wann haben Sie gemerkt, dass er weg ist?«

»Puh.« Peter Rasmus atmete stöhnend auf. »Ich habe nicht auf die Uhr geguckt. Ich würde aber schätzen, dass es gegen Mitternacht war.«

»In Ordnung.«

»Ich kann ja heute mal rumfragen, ob jemandem von den anderen Gästen etwas aufgefallen ist.«

Sönke hob den Daumen. »Eine gute Idee. Melden Sie sich, wenn Sie etwas hören.«

Noch auf dem Weg ins Büro rief Sönke Barsch an und bat ihn eine Handyortung zu veranlassen.

Die Maisernte lief auf Hochtouren und Sönke musste immer wieder auf den sandigen Seitenstreifen der schmalen Landstraße ausweichen, um die riesigen Trecker passieren zu lassen. Viel später als gedacht erreichte er endlich das Gehöft. Sein Kollege stand mit einem Becher in der Hand auf dem mit Feldsteinen gepflasterten Hof und blickte über die Felder in Richtung Meer. Dieses Mal machte er keinen lockeren Spruch, als Sönke aus dem Auto stieg und ihn begrüßte. Barsch wirkte bedrückt.

»Was ist los?«, fragte der Hauptkommissar.

»Schlechte Nachrichten. Frieders Handy ist seit vorgestern Abend ausgeschaltet.«

»Und der letzte Funkmast?«

»Am Hafen.«

»Scheiße. Klingt nicht gut.« Sönke sah sofort wieder die Bilder der Wasserleiche vor sich. Er spürte, wie sein Mund trocken wurde.

Barsch schüttelte den Kopf. »Nee, wirklich nicht. Er ist zum Wasser gegangen und von da an ist sein Handy aus und er verschwunden. Er wäre nicht der Erste, der betrunken ins Hafenbecken gestürzt ist und später als Leiche irgendwo angeschwemmt wurde.«

»Wenn es denn ein Unfall war«, warf Sönke ein.

»Wie meinst du das?«

»Na ja, wäre doch ein merkwürdiger Zufall. Erst ertrinkt Knut Rasmus höchstwahrscheinlich mit Nachhilfe und einen Tag später sein Kumpel«, sagte er alarmiert.

»Manchmal spielt das Leben verrückt«, sagte Barsch. »Ich bin mal mit einer Frau nach der Disco im Bett gelandet, da haben wir erst bei mir zu Hause gemerkt, dass wir fünf Jahre zuvor schon mal einen One-Night…«

»Argh!« Sönke verzog peinlich berührt das Gesicht. »Du bist echt … mir fehlen die Worte.«

»Ein Liebling der Frauen? Wolltest du das sagen?« Sein Partner grinste. »Wenn du mal einen Rat brauchst …«

Einen Moment dachte Sönke wirklich daran, sich ein paar Tipps geben zu lassen. Doch dann schüttelte er den Kopf.

»Lass mal, ich komm da ziemlich gut selber klar.«

Das war gelogen. Aber egal.

»Und jetzt zu deiner Theorie.« Sönke drehte sich zu Barsch. »Bei der Untersuchung eines Mordes glaube ich nicht an Zufälle. Und wenn, möchte ich Beweise für den Zufall.«

Sein Kollege legte den Kopf schief, wobei seine Haare vor die Augen rutschten. »Und wie soll ich beweisen, dass ich recht habe?«

»Ganz einfach. Wir lassen jetzt die Einsatzhundertschaft kommen. Dann suchen wir alle Ufer ab, ob unser Vermisster irgendwo angeschwemmt wurde.«

»Die Leiche könnte auch auf dem Grund des Hafenbeckens liegen. Es kann Wochen dauern, bis die Faulgase sie nach oben steigen lassen«, gab Barsch zu bedenken.

»Wir haben keine Zeit zu warten. Also lassen wir auch die Kaikante abtauchen. Wenn wir da nichts finden, ist es Zeit für meine Theorie.«

»Und die wäre?«, fragte Barsch.

Sönke sah zurück in Richtung Ostsee.

»Wir suchen den Meeresgrund ab.«

Kapitel 16

Sönke

Die *Falke* passierte die Nordermole und lief hinaus in die Lübecker Bucht. Sönke stand am Bug des achtzehn Meter langen Streckenschiffes der Küstenwache und starrte hinaus auf die Ostsee. Ein Geschwader Möwen verwechselte sie mit einem Fischereitrawler und folgte ihnen unter lautem Geschrei.

Seit einem Zeichentrickfilm, bei dem Sönke vor Jahren beim Durchzappen hängen geblieben war, meinte er in dem Gekreische immer nur ein Wort zu verstehen: »Meins, meins, meins, meins ...« Zur Lebenseinstellung der Möwen würde das jedenfalls hervorragend passen.

Die Einsatzhundertschaft der Polizei hatte am Vortag keine Leiche gefunden. Und auch im Hafenbecken waren nur ein paar alte Fahrräder und ein verrosteter Einkaufswagen aufgetaucht.

Ein trüber Nebelschleier lag auf dem graugrünen Wasser, das in sanften Wellen in Richtung Küste rollte. Der ruhige Seegang war ideal für die Taucher. Es war wenig Betrieb auf der Ostsee, nur ein Angler war mit seinem kleinen Motorboot auf der Suche nach den richtigen Fischgründen.

Da sie viel Fläche absuchen mussten, waren nicht nur die zwei Polizeitaucher dabei. Auch Jessy und Uwe Klatt als Einsatztaucher der deutschen Lebensrettungsgesellschaft, kurz DLRG, bereiteten sich als Unterstützung unter Deck auf ihren Einsatz vor.

Der Kapitän drosselte den Dieselmotor und fuhr mit nur fünf Knoten, denn noch hatten die beiden Kommissare ihm keinen endgültigen Kurs genannt.

Barsch stellte sich Schulter an Schulter neben Sönke.

»Das Meer ist groß. Und wir wissen nicht einmal, ob Frieder wirklich hier draußen ist.«

»Es ist so ein Gefühl. Ich kann mir immer noch nicht vorstellen, dass sein Verschwinden wirklich ein Zufall ist«, antwortete Sönke. Er blickte sich um. Am Badesteg, dort, wo Rasmus' Leiche gefunden worden war, hatten sie heute Morgen natürlich als Erstes geschaut. Fehlanzeige. Trotzdem wollte Sönke seinen Verdacht überprüfen. Er konnte mit vier Tauchern aber nicht die ganze Bucht und den Hafen abtauchen. Er musste sich entscheiden.

Der Kommissar dachte laut nach.

»Wenn unser Täter die Leiche wieder auf dem Meeresboden drapiert hat, wird er das erneut auf dem offenen Meer tun und nicht im Hafen. Dort ist für ihn die Gefahr zu groß, gesehen oder durch Schiffsverkehr verletzt zu werden. Wenn er den Körper nicht beschwert, sondern ihn wie beim letzten Mal irgendwo anbindet, braucht er eine feste Verankerung im Boden.«

»Die Markierungstonnen«, hörte Sönke plötzlich eine Stimme hinter sich. Es war der Rettungstaucher Uwe Klatt. Er war mit den anderen Tauchern auf Deck gekommen. Alle waren in fertiger Montur.

»Die Bojen, die die Schifffahrtsstraße markieren, sind

mit Ketten im Meeresgrund verankert. Ideal, um daran etwas festzubinden«, fuhr Klatt fort.

Sönke nickte. »Dann lasst uns dort zuerst nachsehen.«

Sein Blick traf zufällig auf den von Jessy. Die Neoprenhaube konzentrierte den Fokus auf ihr Gesicht, von den Augenbrauen bis zum Mund. Das schönste Gesicht, das Sönke je gesehen hatte.

Er riss sich von ihrem Anblick los. Bei der Begrüßung hatte sie geschäftsmäßig gewirkt. Offenbar wollte sie nicht, dass jeder im Ort wusste, dass sie sich getroffen hatten. Das bereitete ihm Sorge. Bereute sie ihren gemeinsamen Abend vielleicht schon? Hatte er irgendetwas Falsches gesagt?

Seine Gedanken kreisten weiter um Jessy, ein Strudel, der ihn immer weiter hineinzog. Dabei musste er sich auf die Arbeit konzentrieren. Doch er konnte es nicht.

Jessy ging mit den anderen Tauchern in Richtung Heck und kam dabei an ihm vorbei. Ihre Hand hob sich und strich sanft über seinen Arm.

Sönke atmete innerlich durch. Alles war gut. Ihr Verhalten hatte nichts mit ihm zu tun. Wahrscheinlich wollte sie nur keinen Tratsch.

Barsch war inzwischen zum Kapitän gegangen, um das Ziel durchzugeben. Sie brauchten nicht lange bis zu den ersten Bojen. Zunächst ging einer der Polizeitaucher an dem grünen Schifffahrtszeichen runter. Nach wenigen Minuten tauchte er wieder auf und kletterte über die Leiter auf die Heckplattform. Er nahm das Atemgerät aus dem Mund.

»Nichts außer Sand und Seegras«, keuchte er.

Die *Falke* kreuzte das Fahrwasser.

Klatt gab dem Kapitän einen Wink.

»Die da drüben!«

Das Schiff hielt auf die dritte rote Backbord-Tonne zu. Klatt setzte seine Taucherbrille auf.

»Die übernehme ich«, sagte er.

»Warten Sie!«, rief Barsch plötzlich. »Nehmen Sie die hier mit.«

Sönkes Partner reichte dem Taucher eine Unterwasserkamera, die dieser sich um die Stirn schnallen konnte. Dann zückte er ein Tablet.

»Hätte ich fast vergessen, dass ich heute Morgen meine wasserfeste GoPro eingepackt habe. So können wir live dabei sein«, sagte er an Sönke gewandt. »Dann musst du nicht wieder selbst ins Wasser, falls da unten etwas ist.«

Jessy hob warnend den Finger. »Das würde ich auch nicht erlauben. Viel zu gefährlich und zu tief für Anfänger.«

Barsch half Klatt die Kamera zu befestigen und startete die Übertragung.

Einen Moment lang konnten die Kommissare sich selbst auf dem iPad sehen, als Klatt sich an ihnen vorbei umdrehte. Der Taucher ging zu einer tieferen Plattform am Heck, stellte sich mit dem Rücken zum Wasser hin und gab ihnen ein Zeichen, dass er bereit war. Plötzlich erschien der wolkenverhangene Himmel auf dem Display, dann gurgelndes und schäumendes Wasser. Klatt hatte sich rückwärts in die Ostsee fallen lassen.

Einige Sekunden verstrichen, bis sich das Bild beruhigte. Die anderen Taucher hatten sich hinter Barsch und Sönke versammelt und reckten die Köpfe, um mit auf den kleinen Bildschirm sehen zu können. Nur Jessy stellte sich direkt neben Sönke, sodass sich ihre Schultern berührten. Zunächst sahen sie nur eine graue Wand, durch die alle paar Sekunden Luftblasen aufstiegen.

Barsch entdeckte die Veränderung zuerst. »Da, Klatt ist an der Boje«, sagte er. Ein schwarzer Strich tauchte im Bild auf und wuchs zu einer dicken Kette heran, die in die Tiefe führte. Der Blick wechselte von der Horizontalen in die Vertikale, als Klatt begann an der Kette entlang nach unten zu tauchen. Die Übertragung war gestochen scharf, Sönke erkannte jede einzelne Muschel und Alge, die sich an den Eisengliedern festgesetzt hatte. Die Sichtweite lag bei etwa zwei Metern.

»Wie tief ist es hier?«, fragte er in die Runde.

Jessy wiegte den Kopf. »Ich schätze, zehn bis zwölf Meter. Kein Problem für einen Taucher.«

In einem dauernden Strom zogen Partikel und Pflanzenreste am Auge der Kamera vorbei. Ein Lichtkegel tauchte auf.

»Uwe ist jetzt vielleicht bei sieben Metern, da kommt kaum noch Tageslicht hin. Deshalb hat er die Taschenlampe eingeschaltet«, erklärte Jessy ihnen. Ihre Stimme zitterte leicht. Sönke spürte, wie sie mit ihren Fingern seine berührte. Auch er wurde nervös. Wegen ihrer Hand und weil sie gleich sehen würden, ob da etwas auf dem Grund war.

Ein Kribbeln durchzog seinen Körper.

»Was ist das da?« Barschs Stimme überschlug sich. Er hatte gute Augen und den Schatten wieder zuerst entdeckt.

Wimpernschläge später sah Sönke es auch.

»Könnte ein Findling sein, an dem die Kette befestigt ist. In der Lübecker Bucht liegen viele große Steine«, mutmaßte er.

Die Übertragung stockte, weil Klatt stoppte. Seine rechte Hand tauchte im Bild auf, er hielt sich damit an der Kette fest. Es schien, als müsse er kurz verschnaufen. Schließlich tauchte er weiter in Richtung Meeresboden.

Der dunkle Fleck wurde größer.

»Das ist kein Stein«, murmelte Sönke mehr zu sich selbst als zu den anderen.

Dieses Mal erkannte er als Erster, womit sie es zu tun hatten.

»Ein Tisch. Da unten steht ein Tisch.« Er hörte selbst, wie ungläubig seine Stimme klang. Doch er hatte recht. Auf dem Grund der Ostsee stand ein Campingtisch.

Der Taucher erreichte den Boden und schwamm wieder in die Waagerechte, sodass sie den Tisch jetzt von der Seite sahen.

Sönke musste schlucken.

»Scheiße«, stieß er aus.

»Richtige Scheiße«, stimmte Barsch zu.

Sönke kniff die Augen zusammen, um das Kamerabild auf dem Tablet zu fokussieren. Er legte den Kopf auf die Schulter, um einen anderen Blickwinkel zu bekommen.

Doch das alles änderte nichts an der Tatsache, dass an dem Tisch ein Mann auf einem Stuhl saß.

Kapitel 17

Sönke

Der erste Schreck war verdaut und Sönke und Barsch rückten näher um den Monitor zusammen. Sie hatten keine Funkverbindung zu dem Taucher, doch Klatt schwamm instinktiv um die Szenerie herum und bot ihnen Perspektiven von allen Seiten.

»Zeichnet das Ding auf?«, fragte Sönke.

»Den Blockbuster möchte die Spusi bestimmt auch sehen. Was bleibt ihnen auch sonst? Auf dem Meeresgrund werden sie keine Fußspuren oder Fingerabdrücke finden. Die Antwort lautet also: Ja, das Video ziehen wir nachher auf einen USB-Stick und …« Barsch stockte und zeigte mit dem Finger auf das Tablet.

»Was ist das?«, fragte Sönke.

Sein Partner drückte das Gesicht ganz nah an den Bildschirm und verengte die Augen zu schmalen Schlitzen.

»Ich würde sagen, unsere Leiche hält etwas in der Hand. Ist das ein Handy?«, fragte jetzt Barsch.

»Nee, sieht kleiner aus.« Sönke drehte sich zu den beiden Polizeitauchern um.

»Gehen Sie runter zu dem DLRG-Taucher. Und bevor Sie die Leiche hochbringen, fotografieren Sie alles durch, auch das Umfeld in fünf Metern Radius um den Toten. Und achten Sie darauf, dass nichts verloren geht.

Wir müssen wissen, was unser Leichnam da in der Hand hat.«

Jessy runzelte die Stirn. »Und ich?«

»Sorry, eure Unterstützung bei der Suche ist super. Doch ihr seid Zivilisten und jetzt haben wir hier einen Tatort. Das müssen unsere Leute machen«, antwortete Sönke.

»Aber Uwe ist doch auch unten.«

»Ja, er hat den Toten gefunden und ich kann ihn jetzt nicht erreichen und hochholen. Das machen die Kollegen.«

»Korrekt. Wir schicken ihn gleich nach oben, wenn wir da sind«, sagte einer der Polizeitaucher.

Jessy sah Sönke skeptisch an.

Der hob die Schultern. »Was? Wärst du etwa gerne da unten und würdest Miss Marple spielen?«

»Nein, ich habe lediglich Sorge, dass das so ein altmodisches Männerding ist und du lieber nur Jungs da unten hast, weil du mich beschützen willst oder so ein Scheiß!«

Sie klang genervt.

Sönke erschrak. So hatte er es wirklich nicht gemeint. Unschuldig hob er die Hände. »Hey, so ist es nicht. Okay?«

Jessy legte die Stirn in Falten.

»Okay«, murmelte sie schließlich und legte ihre Hand auf seinen Arm. »Konzentrier dich jetzt auf deine Ermittlung. Ich gehe mich wieder umziehen.«

Zwanzig Minuten dauerte es, bis die beiden Polizeitaucher mit der Leiche an die Wasseroberfläche kamen. Auf dem Deck der *Falke* hatten Barsch und Sönke inzwischen eine drei mal drei Meter große Plastikplane ausgebreitet. Mithilfe eines Hebekrans hievten sie den Körper an Bord.

Sönke erkannte in dem Toten sofort den Mann aus der Möwenschenke wieder.

»Frieder Weidemann?« Er schickte einen fragenden Blick zu Barsch.

Die Antwort war kurz und knapp: »Ja.«

Sönke wandte sich an den Polizeitaucher, mit dem er vorhin gesprochen hatte.

»Und? Was hatte er in der Hand?«

»Schauen Sie selbst, es ist mit Kabelbindern fixiert. Deshalb konnten wir alles so lassen, ohne dass es runterfallen und verloren gehen konnte.«

Der Kommissar kniete sich neben die Wasserleiche, deren Haut aufgeweicht und runzelig war. Ein flaues Gefühl breitete sich in seinem Magen aus. Nicht nur wegen des Anblicks. Er trug als Hauptkommissar die Verantwortung, die Leute in seiner Heimatstadt verließen sich auf ihn. Und jetzt hatte er gerade erst seinen Dienst angetreten und schon gab es zwei Leichen. Ihm durfte dieser Fall nicht entgleiten.

Die Hand des Toten war unter den Oberkörper gerutscht. Sönke und Barsch streiften sich Gummihandschuhe über und drehten Weidemann auf die Seite.

Die Hand lag frei.

Sönke sah seinen Kollegen fragend an.

»Ein Stapel Spielkarten. Was soll das?«

Kapitel 18

Anne

»Lasse, geh mal 'nen Schritt in Richtung Heck«, wies Anne den Praktikanten des Ostsee-Kuriers an. »Und halt die Angel hoch, sonst fällt das auf! Jaaa, so ist es perfekt. Stopp.«

Halb versteckt unter der Kapuze ihres blauen Friesennerzes richtete Polizeireporterin Anne Johannsen ihr einen halben Meter langes Teleobjektiv auf das Deck des Schiffes der Wasserschutzpolizei. Sie verhielt sich mucksmäuschenstill, damit ihr kleines motorisiertes Kajütboot nicht zu sehr schwankte. Verwackelte Bilder konnte Anne nicht gebrauchen.

»Ist das überhaupt legal?«, fragte Lasse.

»Psst. Nicht bewegen, nicht reden«, zischte die Reporterin. Die Spiegelreflex schoss Fotos im Tempo eines Schnellfeuergewehrs. *Klick, klick, klick, klick, klick ...*

Erst als die Speicherkarte voll war, ließ Anne die Kamera sinken. Meine Güte, von dem Riesending taten ihr die Unterarme weh.

»Na klar ist das legal«, sagte sie. Ihre Stimme war jetzt entspannt und frohgemut. Sie hatte alles im Kasten, was sie brauchte. »Wir haben genug Abstand zu der Wapo gehalten und sind hier nicht auf Privatgelände. Ich kann fotografieren, was ich will.«

»Aber dürfen wir einfach Gesichter von Polizisten

oder Bilder von Leichen zeigen?«, fragte Lasse. Er sah besorgt aus, als hätte er Angst, etwas Verbotenes zu tun, für das er später Ärger von Mutti bekommen könnte.

»Nein, natürlich nicht«, beruhigte Anne ihn. »Ich habe gesagt, ich kann hier draußen fotografieren, was ich will. Das heißt aber nicht, dass wir alles veröffentlichen können oder wollen. Die Fotodokumentation ist für mich auch Hintergrundinformation, vielleicht entdecke ich Details darauf, die ich für meinen Text gebrauchen kann.«

Doch Lasse hakte beharrlich weiter nach: »Und welche Bilder können wir in der Zeitung und auf unserer Onlineseite zeigen?« Er ließ die Angelrute sinken und drehte sich zu Anne um.

Die Reporterin wedelte hektisch mit der Hand. »Auf deinen Posten. Lass unsere Tarnung nicht auffliegen. Angel hoch.«

»Oh. Ja. Tschuldigung.« Blitzartig drehte Lasse sich um und hielt die Rute wieder hinaus auf die Ostsee.

Anne mochte die Neugier ihres Schülerpraktikanten. Der Sechzehnjährige interessierte sich wirklich für den Job und wollte nicht nur seine Zeit absitzen.

»Ich kann dir das auch alles erklären, wenn du mit dem Rücken zu mir stehst. Also, der Ostsee-Kurier zeigt generell keine Leichen, also kommen nur die Fotos infrage, bei denen der Tote schon abgedeckt ist. Außerdem pixeln wir die Gesichter der Beamten. Wir können sie nicht ohne ihr Einverständnis abbilden.« Sie überlegte kurz. »Obwohl, den einen Kommissar könnte ich fragen, den kenne ich noch aus der Schulzeit.«

»Hä?«, machte Lasse. »Aber dann wissen sie doch, dass wir ihnen gefolgt sind.«

»Na und, wir brauchen die Tarnung nur jetzt, um in Ruhe fotografieren zu können. Wenn die ersten Fotos online sind, wissen sie ohnehin, dass wir hier waren.«

»Ach so, ich verstehe.«

»Schlaues Kerlchen. Ich schmeiße jetzt mal den Laptop an und schaue, ob mit den Fotos alles geklappt hat. Wenn das in Ordnung ist, können wir abdampfen.«

Anne kroch in die winzige Kajüte vorne am Bug. Bei ihrer Leibesfülle war es gar nicht so leicht, einen komfortablen Sitzplatz auf der schmalen Bank zu finden. Doch Anne schob die Rettungswesten und den Proviantrucksack mit Schmackes beiseite und verschaffte sich den nötigen Raum.

Mit einem lang gezogenen »Soooooo, dann wollen wir mal« klappte sie ihr Notebook auf und schob den Speicherchip der Kamera in den dafür vorgesehenen Schlitz.

Die über tausend Euro, die sie vor einem Jahr in eine neue Nikon samt Superteleobjektiv investiert hatte, hatten sich gelohnt. Die Fotos waren gestochen scharf. Anne vergrößerte einige Bilder. Sie konnte so nahe heranzoomen, dass sogar das *Moin* auf der Strickmütze von Sönkes Kollegen Hauke Barsch zu lesen war. Daher war es für sie auch kein Geheimnis, wen die Polizei da aus dem Wasser gezogen hatte. Es hatte sich schon bis zu ihr rumgesprochen, dass Frieder Weidemann vermisst wurde – und er war trotz der aufgequollenen Haut eindeutig zu erkennen. Ebenso die Beweismittel, die die Beamten sicherstellten. Ein Strick und etwas, das aussah wie ein Skatblatt. Es war sehr klein, trotz der hohen Auflösung konnte sie es nicht hundertprozentig erkennen. Anne war sich aber ziemlich sicher. Die Größe und die bunten Farben kamen hin. Wenn das mal nicht ein Herz-Bube war, der dort obenauf lag.

Anne war noch nie schnell im Laufen gewesen, dafür aber im Denken. Sie konnte eins und eins zusammenzählen, und was dabei herauskam, gefiel ihr gar nicht.

Sie musste schleunigst zu ihrem Onkel fahren und mit ihm reden.

Lasses Stimme riss sie aus ihren Gedanken. »Du, Anne, sag mal, ist an der Angelschnur eigentlich ein echter Haken und so?«

»Na klar, du kleiner Dösbaddel, sonst würde die Schnur ja nicht untergehen, sondern in der Luft rumwehen«, zog sie ihn mit einem freundlichen Lachen auf.

»Ich meine nur, weil ich glaube, äh, da hat einer angebissen …«

Kapitel 19

Sönke

Die beiden Kommissare verließen die *Falke* über die schmale Gangway. Sofort steuerten sie eine nahe gelegene Parkbank an der Promenade an. Von hier hatte man einen hervorragenden Blick auf die Viermastbark *Passat*. Doch es ging ihnen nicht darum, die Aussicht auf das historische Segelschiff zu genießen.

Nachdem sie die Leiche schon bei der bloßen Inaugenscheinnahme als Frieder Weidemann identifiziert hatten, war beiden sofort klar gewesen, was das für ihre Ermittlungen bedeutete. So war es auch nicht mehr als eine rhetorische Frage, als Barsch Sönke ansah und sagte: »Haben wir es jetzt mit einem Serienkiller zu tun?«

Sönke musste nicht lange überlegen. »Zwei Tote sind einer zu viel für einen Einzelfall. Und da beide auf dem Meeresgrund angebunden waren, lässt sich das wohl nur als Serie erklären. Ziemlich unwahrscheinlich, dass hier zwei verschiedene Mörder auf die gleiche Idee gekommen sind.«

»Ich muss kurz nachdenken. Ich hol uns mal einen Kaffee«, sagte Barsch.

Sönkes Partner stand auf und ging hinüber zu dem Bäcker, der direkt an der Hafenkante einen mobilen Stand hatte. Kurz darauf kam er mit zwei dampfenden

Pappbechern zurück. »Hier mit viel Milch«, sagte er und drückte Sönke das Heißgetränk in die Hand.

»Perfekt. Du hast mich erst einmal Kaffee im Büro trinken sehen und dir das gemerkt? Nicht schlecht«, staunte Sönke.

»Berufskrankheit. Außerdem werde ich oft unterschätzt!«

»Wieso?«, fragte der Hauptkommissar.

Barsch fuhr sich theatralisch durch die Haare und vollführte einen dramatischen Augenaufschlag. »Wegen meines grandiosen Äußeren.«

Sönke fühlte sich ertappt. Es stimmte. Auch für ihn war Barsch beim ersten Kennenlernen ein Schönling gewesen und instinktiv hatte er ihm deshalb als Ermittler weniger zugetraut.

»Und ich habe nicht nur ein gutes Näschen bei deinen Kaffeevorlieben. Mir ist auch etwas zu dem Kartenspiel eingefallen. Hatte der Kurdirektor nicht etwas von einer Skatrunde oder so erwähnt?«

Sönke konzentrierte sich und setzte sein Gedächtnis in Gang. Wie immer konnte er sich darauf verlassen.

»Ganz genau hat er gesagt, dass er und Knut Rasmus sich einmal im Monat zum Kartenspielen getroffen haben.«

Barsch krempelte den Ärmel seiner Jacke hoch und hielt eine funkelnde Armbanduhr in die Luft.

»Ich würde meine neue Uhr darauf wetten, dass Frieder Weidemann ebenfalls Mitglied dieser Kartenrunde war.«

Sönke zwinkerte seinem Partner zu. »Ich denke, du hast recht. Aber für dich hoffe ich, du irrst dich und musst das protzige Ding ablegen. Wer läuft denn heute noch mit so was rum?«

»Ich! Ich finde die super«, sagte Barsch mit Stolz in der Stimme.

Sönke wurde wieder ernst. »Vor allem müssen wir rauskriegen, wer noch alles Mitglied dieser Kartenrunde ist oder war. Vielleicht gibt es da weitere potenzielle Opfer.«

»Oder einen Täter …« Barsch legte Dramatik in seine Stimme.

»Wie auch immer«, erwiderte Sönke. »Wir müssen in Lübeck anrufen. Die Lage erfordert eine Sonderkommission.«

Barsch zuckte zurück und machte ein Gesicht, als hätte er in etwas Saures gebissen. »Eine Soko? Dann kommen die ganzen Besserwisser aus der Zentrale. Findest du nicht, dass wir beide das ganz gut im Griff haben?«

Sönke verdrehte die Augen. »Es geht nicht darum, was ich finde. Wenn wir in der Direktion nicht Bescheid geben, dass wir wahrscheinlich einen Serienmörder in Travemünde haben, und am Ende geht was schief, dann rollen Köpfe. Und zwar unsere! Dann kannst du den ganzen Tag mit dem Streifenwagen auf der Landstraße hin und her fahren.«

»Nicht die schlechteste Idee.« Barsch schmunzelte. »Ellbogen aus dem Fenster, 'ne schöne Pilotensonnenbrille …«

»Blödmann«, sagte Sönke und gab seinem Partner einen liebevollen Knuff. »Im Ernst jetzt. Kannst du Brandmeier noch mal wegen der Kartenrunde fragen?

Ich möchte mir gerne eine weitere Expertise einholen, bevor ich den Polizeidirektor benachrichtige.«

»Geht klar. Ich spreche mit Brandmeier, am besten persönlich. Ich möchte sehen, wie er reagiert. Und wer ist dein Experte?«

Sönke war inzwischen aufgestanden und im Begriff loszugehen. Er streckte den Zeigefinger nach oben.

»ExpertIN, mein Lieber! Expertin!«

Kapitel 20

Anne

Anne betrat die Metzgerei über den Hintereingang. Vorbei an der Kühlkammer und grauen Plastikkisten ging sie mit schnellen Schritten in die Fleischküche. Hellblaue Kacheln bedeckten Boden und Wände, ein metallischer Geruch nach Blut lag in der Luft. Hein Johannsen stand an der Wurstmaschine und presste Fleischbrät in Schweinedarm. Frische Bratwurst für die Theke.

»Na, meine Kleene, willst dir ein paar Wiener abholen?«, fragte der hünenhafte Fleischermeister lächelnd, als er seine Nichte entdeckte. Dann zeigte er auf ihren Kopf. »Denk dran, hier drin Haube aufsetzen. Hygiene.« Er sprach das letzte Wort breit und lang gezogen. Sie war nicht sicher, ob er der Anordnung damit mehr Bedeutung verleihen wollte oder ob er es ironisch meinte.

»Onkel, es ist wichtig«, protestierte Anne, ging aber trotzdem zu dem Tisch mit den Kopfhauben und zog sich eine über die Haare.

Hein Johannsen wischte seine Hände an der schweren Küchenschürze aus Gummi ab, die sich über seinem Bauch wölbte. »Was ist denn los, min Deern?«

Anne berichtete ihrem Onkel, wen die Polizei am Morgen tot aus der Ostsee geborgen hatte.

Johannsen ließ sich auf einen Hocker sinken und schlug die Hände vor das Gesicht. »Erst Knut und jetzt auch noch der Frieder. Das kann doch nicht wahr sein.«

»Es ist bitter, aber es ist so. Zwei Freunde von dir sind innerhalb weniger Tage ermordet worden. Tut mir leid.« Anne presste die Lippen zusammen.

Der Fleischer schaute auf. »Wieso ermordet, ich dachte, die sind ertrunken?«

»… und danach haben sie sich selbst an den Meeresboden gefesselt? Nee, nee!« Energisch schüttelte Anne den Kopf. »Ich habe auf meinen Fotos gesehen, wie sie auch bei Frieder einen langen Strick als Beweismittel eingetütet haben. Und dann war da noch etwas.«

»Was?«

»Ein Kartenspiel. Da habe ich sofort an eure Skatrunde gedacht.«

Ihr Onkel sah sie irritiert an. »Ich verstehe nur Bahnhof.«

»Zähl doch mal eins und eins zusammen. Zwei aus deiner Skatrunde sind innerhalb kürzester Zeit ermordet worden. Und der Täter drückt einem der Toten ein Kartenspiel in die Hand.«

Johannsen sprang auf. »Meinst du, ich bin in Gefahr?«

»Keine Ahnung, aber es könnte sehr gut sein.«

Ihr Onkel sah sie mit großen Augen an und sagte erst mal gar nichts mehr.

»Ich habe eine Frage an dich«, kündigte Anne an.

Sie baute sich vor ihrem Onkel auf und fixierte ihn mit ihrem Blick.

»Welchen Grund könnte der Täter haben, es auf ein paar Skatbrüder abgesehen zu haben? Habt ihr irgendwas Krummes am Laufen oder auf dem Kerbholz?«

Kapitel 21

Sönke

Keine fünfzehn Minuten hatte Sönke gebraucht, um mit Alvas altem Corsa von Travemünde in den Lübecker Stadtteil Kücknitz zu fahren. Er stellte sein Fahrzeug in der Tannenbergstraße ab und ging zu einem der Häuserblocks, die erst vor ein paar Jahren gebaut worden waren. Sönke klingelte.

»Ja, bitte«, erklang die Stimme einer jungen Frau.

»Hallo, Schwesterherz, ich bin's«, rief er in Richtung des Mikrofons.

»Sönke, schön, dass du es geschafft hast.« Ihre Stimme klang ehrlich erfreut. Der Hauptkommissar war erleichtert. Offenbar nahm sie es ihm nicht übel, dass er sich schon ein paar Wochen nicht mehr gemeldet hatte.

Der Summer ertönte. Sönke trat ein und nahm den Fahrstuhl in den zweiten Stock.

Seine Schwester wartete im Flur.

»Hi, Lisa!« Er winkte ihr von Weitem zu.

Sie kam mit ihrem Rollstuhl auf ihn zugefahren. Lisa war nur ein Jahr jünger als Sönke und ebenfalls zur Polizei gegangen, allerdings nach Lübeck. Bei einem Einsatz war sie von einigen Drogensüchtigen so stark verletzt worden, dass sie seitdem im Rollstuhl saß.

Lisa war immer eine Kämpferin gewesen. So hatte sie mit Ende zwanzig noch einmal Forensische Psychiatrie und Psychologie studiert und arbeitete seitdem als Fallanalytikerin und Polizeipsychologin in Lübeck.

Sönke beugte sich zu Lisa runter und nahm sie in den Arm. Sie gab ihm mit der flachen Hand einen kumpelhaften Schlag auf den Oberarm. »Mensch, willkommen zurück. Jetzt sind wir ja quasi Kollegen.«

»Aber du sitzt in der stickigen Zentrale in der Stadt und ich in der schönen Außenfiliale am Meer. Schön weit weg von den ganzen Bürohengsten mit ihren Schulterklappen«, sagte er mit einem frechen Grinsen.

Sie zeigte mit dem Finger auf ihn. »Denk daran, trotzdem kannst du mich jederzeit als Unterstützung anfordern. Dann komm ich dich am Wasser besuchen. Auf den Fluren wird auch schon getuschelt, dass du und der Barsch einen großen Fall am Haken habt.«

»Das kann man wohl sagen. Komm, lass uns reingehen, dann erzähle ich dir die Einzelheiten.«

»Ach?« Sie zwinkerte ihrem Bruder zu. »Bist wohl doch nicht nur privat hier. Brauchst du vielleicht meinen Rat, oder irre ich mich?«

Sönke zuckte mit den Schultern und schmunzelte. »Hast du schon mal erlebt, dass sich zwei Polizisten treffen und sich dann über das Wetter unterhalten?«

»Nur wenn das Wetter wichtig für die Spurenlage an einem Tatort war …«, antwortete sie und rollte zurück in die Wohnung.

Nachdem Sönke es sich auf der gemütlichen Couch in dem kleinen Wohnzimmer bequem gemacht hatte, plauderten sie tatsächlich ein wenig über seine Rückkehr in ihre Geburtsstadt, über Tante Alva und ihre gemeinsame Kindheit.

Sie tranken Cola und knabberten Salzstangen. Erst nach einer halben Stunde kam Sönke auf den Fall zu sprechen. Er berichtete seiner Schwester alles bis ins kleinste Detail.

»Ich befürchte deshalb, wir haben es mit einem Serienmörder zu tun, der sehr schnell wieder zuschlagen könnte«, schloss er seinen Vortrag.

»Klingt nicht gut. Ihr solltet Unterstützung anfordern«, erwiderte Lisa.

»Das habe ich vor. Ich wollte nur erst deine Einschätzung als Fallanalytikerin hören, bevor ich den Polizeidirektor anrufe.«

Seine Schwester nippte an ihrer Cola und dachte nach. Sie löste das Zopfgummi aus ihren Haaren und band sich den blonden Pferdeschwanz neu. Offenbar musste sie etwas tun, während sie sich Gedanken über Sönkes Fall machte.

Sönke wollte etwas sagen, doch Lisa hielt den Finger auf ihre Lippen und ließ ein leises »Psst« vernehmen. Seine kleine Schwester hatte kein Problem damit, Stille auszuhalten. Mehrere Minuten dauerte es, bis sie mit einer Salzstange gegen ihr Glas schlug. So wie jemand, der auf einer Feier eine Rede halten wollte.

»Da ist tatsächlich etwas sehr Auffälliges im Verhalten deines Killers.«

Sönke zog die Augenbrauen hoch. »Aha, nun bin ich aber gespannt.«

»Du hast gesagt, dass die Toten keine äußeren Verletzungen aufweisen, sondern ertrunken seien.«

»Richtig.«

»Hätte der Täter sie nicht auf dem Meeresgrund inszeniert, wären sie irgendwann wieder aufgetaucht und angespült worden. Alles hätte nach einem Unfall ausgesehen.«

Sönke nickte zustimmend. »Klar, wir wären bei dem zweiten Toten misstrauisch geworden, aber es hätte immer noch ein blöder Zufall sein können. Mein Kollege war sich auch ziemlich sicher, dass Frieder Weidemann betrunken in das Hafenbecken gefallen wäre. So etwas passiert immer wieder, wenn Leute nach einer durchzechten Nacht versuchen ins Wasser zu pinkeln.«

Lisa griff nach der nächsten Salzstange und schwenkte sie wie einen Dirigentenstab. »Die Inszenierung bedeutet, dass es unserem Täter höchstwahrscheinlich um ein persönliches Motiv geht und er unsere Opfer kennt.«

»Warum bist du dir da so sicher?«

»Na ja, stellen wir uns mal vor, unsere Opfer hätten zum Beispiel Ärger mit einer kriminellen Organisation gehabt. Die hätte dann versucht sie still und leise aus dem Weg zu schaffen und es wie einen Unfall aussehen zu lassen.«

»Einspruch, Frau Psychologin. Wenn deine Berufsverbrecher ein Exempel statuieren wollten, könnte das mit der Inszenierung ebenfalls passen.«

»Ja, aber das widerspricht meiner These nicht. Ein Exempel statuierst du nur, wenn jemand etwas getan hat, was dich sehr verärgert hat, und du verhindern möchtest, dass andere ebenfalls auf blöde Gedanken kommen. Das ist dann auch etwas Persönliches. Bei einem Raubmord ohne Beziehung zum Opfer ist es hingegen viel besser, wenn es nach einem Unfall aussieht.«

»Wir müssen also rausfinden, was die beiden getan haben, das jemandem stark aufgestoßen ist.«

»Das könnte man so sagen, ja. Und ihr solltet euch noch eine Frage stellen.«

Erwartungsvoll blickte Sönke seine Schwester an, sagte aber nichts.

»Die Botschaft ist eurem Täter so wichtig, dass er es in Kauf nimmt, dass ihr ihn erwischt. Doch was ist überhaupt die Botschaft? Berufsverbrecher setzen auf Abschreckung. Da wird, um es überspitzt auszudrücken, jemand enthauptet und mit dem Kopf unter dem Arm an die Autobahn gesetzt, damit jeder ihn sieht. Aber warum wurden eure Leichen an einen Steg oder eine Boje gebunden? Dort sieht sie doch niemand. Deswegen glaube ich auch nicht an eine kriminelle Organisation.«

»Warum der Meeresboden? Das würde ich auch gerne wissen«, sagte Sönke gedankenverloren. Sein Blick fiel auf die Uhr an der Wand. Verdammt, er hatte die Zeit vergessen.

Er schlug sich auf die Oberschenkel und stand auf. »Sorry für den abrupten Aufbruch, aber ich muss los.«

Kapitel 22

Sönke

Es dämmerte, als der Kommissar über die Travemünder Landstraße und den kleinen Ort Ivendorf zurück in das Seebad fuhr. Die unzähligen Lichter vom Skandinavienkai, dem größten Hafen der Hansestadt Lübeck, warfen ein gelbes Licht an den Himmel über der Straße. Gabelstapler und Hubwagen tummelten sich auf dem Gelände wie Ameisen in ihrem Staat. Jeder wusste, was er zu tun hatte. Gerade beluden sie eine der großen Fähren nach Schweden. Auf dem Parkplatz warteten zudem mehrere Dutzend Sattelschlepper auf ihre Verladung.

Hunderte Male hatte Sönke die großen Schiffe beim Auslaufen beobachtet. Als Jugendlicher hatte er die meiste Zeit des Sommers am Priwallstrand verbracht und gemeinsam mit seinen Freunden jedes ein- und auslaufende Schiff gefeiert. Mit ihren Styropor-Bodyboards hatten sie Surfer gespielt und versucht auf den Wellen zu reiten, die die großen Pötte durch ihren Tiefgang an den Strand schickten. Wenn er später auf dem Badehandtuch im Sand gelegen und sich von der Sonne trocknen lassen hatte, hatte er die Augen geschlossen und davon geträumt, an Bord eines der Schiffe zu sein und auf große Fahrt nach Skandinavien zu gehen.

Doch wie es oft mit Träumen war, die so nahe lagen: Er war noch nie mit einer der Fähren auf Reisen gegangen.

Sönke schob die Gedanken zur Seite und tippte auf dem Smartphone den Kontakt von Hauke Barsch an. Mit dem Polizeidirektor hatte er bereits auf dem Weg von Lisas Wohnung zu seinem Auto telefoniert und ihn über die Ereignisse in Kenntnis gesetzt. Anschließend hatte er sich direkt auf den Weg nach Travemünde gemacht.

Barsch meldete sich nach dem ersten Klingeln.

»Moin. Sönke hier, ich habe ernüchternde Nachrichten aus dem Hauptquartier in Lübeck.«

»Aha.« Sein Kollege klang gespannt.

»Eine Soko wird es erst mal nicht geben. Die haben bereits jede Menge Beamte wegen eines Entführungsfalls zusammengezogen. Da bleibt für uns niemand mehr übrig. Wir dürfen jedoch nach Bedarf Kollegen von der Schutzpolizei um Unterstützung bitten und die Fallanalytikerin des Präsidiums hinzuziehen.«

»Ich find's gut«, sagte Barsch geradeheraus. »So bleibt das Ganze in unserer Hand. Und die Fallanalytikerin kenne ich gar nicht, ich wusste nicht mal, dass wir so was haben. Bei der Lübecker Kripo hatte ich vor allem mit Einbrüchen zu tun. Ich dachte, Profiler gäbe es nur in Amerika. Wer ist das denn?«

»Lisa Petersen. Sie ist die Expertin, von der ich heute Mittag sprach, und sie ist …«

»Und sieht die nett aus?«, unterbrach Barsch ihn.

Sönke räusperte sich. »Der gleiche Nachname ist kein Zufall. Sie ist meine Schwester.«

»Oh, ach so«, stotterte sein Partner verlegen.

Sönke überging das Thema. »Hast du mit Brandmeier gesprochen?«

»Jup. Es gibt eine Skatrunde, die sich seit Jahrzehnten einmal im Monat trifft. Oder getroffen hat, muss man jetzt ja sagen. Zum harten Kern gehörten Knut Rasmus, Frieder Weidemann, der Fleischermeister Hein Johannsen und Brandmeier selbst. Ansonsten hat nur bei Gelegenheit der ein oder andere mitgespielt.«

»Und wer zum Beispiel?«

»Brandmeier konnte sich nicht an jeden erinnern, der mal ausgeholfen hatte. Einer war in jedem Fall unser Trunkenbold, also Hans Sörensen, den du heute auf der Bank aus seinem Schläfchen geweckt hast. Der war aber nur sehr selten dabei und gehörte nicht richtig dazu.«

»Kann der Hans überhaupt noch Karten spielen?«

»Na ja, er hat seine klaren Momente und so richtig schlimm ist das mit dem Saufen erst in den vergangenen Monaten geworden.«

Sönke hielt mit dem Auto an einem Knick neben der Straße und ließ das Fenster halb herunter, um frische Luft in den stickigen Kleinwagen zu bekommen. Er musste nachdenken.

»Was machen wir jetzt?«, fragte Barsch.

»Hmh«, machte Sönke.

Eine Böe kam über die Ostsee herangefegt und über ihm rauschte das verbliebene Laub in den Bäumen.

»Ich denke …«, sagte Sönke, pausierte und fuhr nach kurzem Zögern fort: »…wir machen von dem Angebot des Polizeidirektors Gebrauch und stellen denen allen eine Streife vor die Tür. Zur Sicherheit. Ich kümmere mich gleich darum, wenn du mir die Adressen auf mein Handy schickst.«

»Geht klar. Aber ‚denen allen‘ klingt so üppig. Sind ja nur noch Brandmeier und Johannsen übrig.«

»Ja, hast recht«, sagte Sönke ernüchtert. »Dann eben den beiden. Morgen früh sollten wir die zwei dann noch mal ganz offiziell im Präsidium ausquetschen. Kannst du sie um acht Uhr einsammeln?«

»Klar, ich hole die persönlich ab.«

»Danke«, sagte Sönke. »Apropos: Wie war der Brandmeier drauf, als du heute mit ihm gesprochen hast?«

»Ich fand, er wirkte jetzt schon deutlich betroffener als bei unserem ersten Treffen. Langsam scheint ihm die Sache unheimlich zu werden.«

»Hatte er irgendeine Idee, was das Motiv des Täters sein könnte?«

»Nein, nicht die geringste.«

Sönke seufzte. »Das habe ich befürchtet.«

Kapitel 23

Sönke

Sönke parkte den alten Corsa auf der Straße vor dem Leuchtturm. Der Wind frischte weiter auf und Regen trommelte gegen die Windschutzscheibe. Der Kommissar blieb sitzen. Jedoch nicht wegen des Wetters. Zögernd griff er nach seinem Handy auf dem Beifahrersitz.

Eine Frage kreiste hinter seiner Stirn.

Hatte er die Zeichen von Jessy richtig gelesen?

»Mann, reiß dich zusammen.« Er schlug auf das Lenkrad. Woher kam bloß diese verdammte Verunsicherung? Nicht die Angst vor der Abfuhr, sondern die Chance auf ein zweites Treffen sollte ihn beschäftigen. Das klang wie ein billiger Kalenderspruch, war aber genau das, worum es ging. Sie hatten einen tollen Abend gehabt und es hatte zwischen ihnen eindeutig geknistert. Warum sollte sie das anders empfunden haben? Hätte sie sonst heute auf dem Schiff seine Hand berührt und nach dem Date gesagt, dass sie sich freuen würde, ihn wiederzusehen?

Schluss jetzt mit den Fragen an dich selbst. Frag sie!

Sönke wählte schnell Jessys Nummer, bevor die Selbstzweifel zurückkamen. Dreimal ertönte das Freizeichen, dann hörte er ihre weiche Stimme.

»Guten Abend, hallo, Sönke.«

»Äh, hallo, ich wollte fragen, ob du heute Abend vielleicht Zeit hast.«

O Gott, das hatte geklungen wie ein Zehnjähriger, der beim Nachbarskind klingelte und fragte, ob es zum Spielen rauskommen wolle. Er hätte sich selbst ohrfeigen können und spürte, wie sein Kopf heiß wurde.

Ein helles, freundliches Lachen ertönte.

»Schön, dass du endlich anrufst. Die Antwort ist Ja.«

Ein Lächeln breitete sich in seinem Gesicht aus. »Soll ich dich abholen oder zu dir kommen?«

»Das brauchst du nicht. Schau aus dem Fenster!«, forderte sie ihn auf.

Sönke blickte hoch und sah sofort die junge Frau im gelben Regenmantel die Straße hochkommen. Sie hatte die Kapuze wegen des Sturms tief ins Gesicht gezogen, aber er erkannte sie trotzdem. Sie winkte ihm zu und gleichzeitig erklang wieder ihre Stimme.

»Ich hatte mich auf den Weg gemacht, um dich das Gleiche zu fragen. Bis gleich.«

Noch während sie auflegte, sprang Sönke aus dem Wagen. Regen setzte ein und prasselte laut auf das Autodach und den Asphalt. Sönke lief zu Jessy rüber auf den Bürgersteig, zog seine Jacke aus und hielt sie ihr über den Kopf.

Wieder lachte sie. »Ach, Sönke.«

»Was ist?«

»Ich trage einen Regenmantel. Du hättest deine Jacke ruhig anbehalten können.«

Er blickte an sich hinab. Sein Hemd war bereits klitschnass und klebte an der Haut. »Ja, da hast du wohl recht.«

Ihre Hände wanderten zu seinem Hemdkragen. Sönke hatte noch nicht begriffen, was geschah, da zog sie seinen Kopf zu sich hinunter. Sönke spürte ihre weichen Lippen, dann die warme Zunge in seinem Mund. Sie schmeckte nach frischen Erdbeeren. Es war der köstlichste Geschmack, den er je hatte schmecken dürfen.

Eine Stunde später streichelte er sanft über ihr Steißbein und den Poansatz. Ihre Beine umschlangen seinen Oberschenkel und ihr Kopf ruhte auf seiner Brust. Ein leichter Schweißfilm zog sich ihre Wirbelsäule entlang.

»Tut mir leid, dass ich beim ersten Mal so schnell …«

»Psst!« Sie legte ihm ihren Finger auf die Lippen. Ihre Mundwinkel zogen sich nach oben. »Dafür haben wir ja zweimal und es war sehr schön.« Sie zwickte ihn in die Seite und lachte. »Außerdem nehme ich es als Kompliment für mich, dass du in der ersten Runde …« Sie überlegte kurz. »… so schnell auf die Bretter gegangen bist.«

Jessy schlüpfte unter der Bettdecke hervor und zog sich T-Shirt und Slip an. »Ich hatte noch gar keine Zeit, mich mal richtig in deiner Bude umzugucken. Geht es da zu der Küche, in der wir gestern Abend gesessen haben?«

Sie drückte die Klinke hinunter, bevor Sönke etwas sagen konnte. Doch die Tür bewegte sich nicht.

Jessy sah ihn über die Schulter hinweg an.

»Oh, abgeschlossen. Im Film ist das kein gutes Zeichen, wenn eine Frau mit einem Mann nach Hause geht und plötzlich die Tür versperrt ist. Muss ich mir Sorgen machen?«, fragte sie gespielt verängstigt.

Er zog eine Grimasse.

»Du solltest dir lieber Sorgen machen, wenn ich nicht abgeschlossen hätte, denn dann könnte meine Tante Alva plötzlich im Zimmer stehen.«

»Ach ja! Du hast gestern von ihr erzählt. Tut mir leid, da habe ich gar nicht dran gedacht. Das ist hier ja mehr wie ein Jugendzimmer für Erwachsene. Deshalb sind wir auch durch den Garten und den Hintereingang rein.«

Er nickte ein wenig peinlich berührt. »Ja, so muss man das wohl nennen.«

»Ich hoffe, ich darf deine Tante bald mal kennenlernen«, sagte Jessy und schlenderte weiter durch den Raum, bis sie in einer Nische den Käfig entdeckte.

Lautes Quieken ertönte und ein braun-weißes und ein schwarz-graues Fellbündel stürmten auf sie zu.

»Ach, und ihr zwei seid dann wohl Sönkes Meerschweinchen. Er hat euch gestern nur kurz erwähnt. Schön, euch kennenzulernen.« Sie öffnete die Käfigklappe, nahm das braun-weiße Tier auf den Arm und streichelte ihm über den Rücken. »Wer ist das?«

»Das ist Marlon-Günther.«

»Toller Name.«

Das Meerschweinchen fiepte glücklich.

»Er mag dich offenbar auch«, rief Sönke ihr vom Bett zu.

»So wie du, meinst du?«

»Ja, wir stehen auf den gleichen Typ Frau«, sagte er vorsichtig.

Sie lachte.

Sönke setzte sich ans Bettende. »Wir haben schon so viele Stunden gequatscht, aber ich habe dich noch gar nicht gefragt, was du beruflich machst«, wechselte er schnell das Thema, weil er spürte, wie er schon wieder rot wurde. »Der Job als Einsatztaucher ist doch ein Ehrenamt, oder?«

»Ja, das ist wie mit der Freiwilligen Feuerwehr. Wenn es einen Notfall gibt, bin ich da. Das geht bei meinem Job ganz gut. Ich bin Schriftstellerin und kann mir meine Zeit einteilen wie ich will.«

»Oh.« Sönke machte ein erstauntes Gesicht. »Was schreibst du?«, fragte er mit Ehrfurcht in der Stimme.

Sie wiegelte ab. »Ich bin keine Literatin, ich mache reine Unterhaltung. Ich schreibe Urban-Fantasy-Romane.«

»Was ist das?«

»Vampirgeschichten und so'n Zeugs. Mit einer ordentlichen Portion Liebe.«

»Ach, so wie diese Fernsehserie … Wie hieß die noch mal? *Vampire Diaries*, glaube ich.«

»Ja, ganz genau. So was.«

»Kann ich mal was von dir lesen?«

»Na klar, du kannst gerne ein Buch haben.«

»Mit Widmung?« Er legte den Kopf schief und schickte ihr einen Hundeblick.

»Auch das!«

Sie setzte das Meerschweinchen zurück.

»Magst du deinen Job?«, fragte er.

»Ja, sehr, ich liebe die Freiheit daran. Nicht so schön ist es, wenn ich vor dem Laptop sitze und mir partout nichts einfallen will. Oder wenn die Verkäufe nicht so laufen wie geplant und der Kontostand schmilzt. Selbstständigkeit bedeutet auch Unsicherheit. Aber ich kann mich nicht beschweren, ich kann vernünftig davon leben.

Wie ist es mit dir? Magst du deinen Job?« Sie zog die Augenbrauen hoch und blickte ihn gespannt an.

»O ja, ich wollte schon als Kind Polizist werden. Es ist abwechslungsreich und ein gutes Gefühl, wenn du einen Verbrecher hinter Gitter bringst und die Gesellschaft so schützen kannst. Wenn ich einen Fall klären und den Schuldigen verhaften kann, ist das wahrscheinlich wie, wenn du ein Buch abschließt. Ich habe etwas geschafft, das kann mir keiner mehr nehmen.« Kurz drängte sich ihm der Gedanke auf, dass er in ihrem aktuellen Fall noch keine Erfolge aufzuweisen hatte. Er fühlte sich schlecht deswegen, es war als lastete ein Gewicht auf ihm.

»Außer vielleicht ein guter Strafverteidiger«, scherzte Jessy und lenkte ihn damit ab.

»Nicht wenn ich meinen Job gut gemacht und ordentliche Beweise und Indizien gesammelt habe«, antwortete Sönke jetzt mit entschlossener Stimme. Genau das würde er tun. Auch dieses Mal. Da war er sich sicher.

»Apropos Indizien, was ist mit unseren beiden Toten aus der Ostsee? Habt ihr schon eine Spur?«, fragte sie.

Sönke erzählte Jessy von dem Verdacht, dass sie es mit einem Serientäter mit persönlichem Motiv zu tun hatten – und von dem noch unklaren Zusammenhang mit dem Kartenspiel. Für Jessy war das keine Überraschung. Sie war bei den Bergungen dabei gewesen und hatte die Spielkarten in Frieders Hand gesehen. Sie konnte eins und eins zusammenzählen.

Nachdenklich blickte sie aus dem Fenster.

»Was ist? Weißt du etwas, das uns helfen könnte?«, fragte er.

Sie zögerte.

»Na los, raus damit.«

»Ich bin mir nicht sicher, ob mein Gedächtnis mich trügt. Es war nur so ein Satzfetzen, den ich bei Metzger Johannsen aufgeschnappt habe. Vor einem Jahr oder so war dieser Frieder Weidemann vor mir an der Reihe. Er hielt einen schwarzen Koffer hoch und sagte irgendetwas von einem neuen Pokerset. Ich erinnere mich auch nur noch an die Situation, weil die beiden so lange gequatscht haben und ich nicht drankam. Das hat mich wahnsinnig gemacht.«

Sönke dachte laut nach: »Und beim Pokern wird manchmal um viel Geld gespielt, außerdem wollte Rasmus seine Kneipe verkaufen …«

Er stand auf und nahm Jessy in den Arm. Ihr Kopf legte sich auf seine Brust. Mit der Hand strich er ihr Haar zurück und küsste sie auf die Stirn.

»Danke. Das könnte ein wichtiger Hinweis sein«, flüsterte er.

Plötzlich fühlte er sich viel sicherer. Vertraut. Als hätte der Herbstwind seine Schüchternheit davongeweht.

Kapitel 24

Hein Johannsen

Hein Johannsen öffnete schlagartig die Augen. Sein Gesicht war nass. Er tastete mit der Hand neben sich, doch da war niemand.

Er brauchte einige Sekunden, um wach zu werden und zu realisieren, dass ja schon seit einem halben Jahr niemand mehr neben ihm lag. Im Frühjahr war seine Frau Helga gestorben. Ein Schlaganfall hatte sie ihm genommen.

Er hob den Kopf; sein Kissen und die Bettdecke waren so nass geschwitzt, dass man sie auswringen konnte. Ein schrecklicher Albtraum hatte ihn gequält. Ein Mann mit schwarzer Maske hatte sein Gesicht unter Wasser gedrückt. Er hatte nicht mehr atmen können. In dem Moment, als er das Wasser geschluckt hatte, war er aufgewacht.

Johannsens Blick wanderte durch das Schlafzimmer. Kein Zweifel, er war in seiner kleinen Wohnung über der Fleischerei an der Vorderreihe. Schnell zog er an der Kette, die an seiner Nachttischlampe herunterhing. Gelbes Licht füllte das Zimmer aus. Kein Maskierter stand vor seinem Bett. Er war allein.

Johannsen atmete durch und wischte sich den Schweiß von der Stirn. Der Digitalwecker zeigte 5.30 Uhr. In einer halben Stunde müsste er aufstehen. Es lohnte sich nicht, sich wieder hinzulegen. Er würde ohnehin nicht mehr einschlafen können.

Auf dem Bettrand blieb er sitzen und begann wieder zu grübeln. Schon gestern hatte er sich den ganzen Abend Fragen gestellt.

Wer könnte ihm und seinen Freunden nach dem Leben trachten? Er hatte Anne die Wahrheit gesagt. Da war niemand, der eine Rechnung mit ihm offen hatte. Für die anderen konnte er nicht sprechen, aber er, Fleischermeister Hein Johannsen, hatte ein reines Gewissen. Trotzdem fürchtete er sich. Keine Ahnung, ob die anderen vielleicht irgendwas gemacht hatten, was sie ihm verschwiegen hatten. Und wer wusste schon, was in dem kranken Kopf des Täters vorging. Nachher wurde er dafür in Sippenhaft genommen, was andere verbrochen hatten.

Mühsam stemmte er sich hoch und schlurfte in Richtung Badezimmer, als ein Geräusch ihn aufschrecken ließ. Es klang wie ein Klappern. Sein Herz schien einen Schlag auszusetzen und sein ohnehin zu hoher Blutdruck schoss nach oben. Sein hektischer Atem klang wie das Hecheln eines Hundes.

Was zum Teufel war das?

Panisch blickte er sich im Schlafzimmer um. Sein Blick fiel auf den Schuhanzieher aus Metall, der an der Lehne des Ankleidestuhls hing. Seine riesige Hand schloss sich um den Griff. Er hielt seine Waffe so fest, dass das Metall ihm ins Fleisch schnitt.

Johannsen wandte seinen Blick von der Tür zum Bad ab und hin zur zweiten Tür, die auf den Flur der Wohnung führte. Noch war sie geschlossen. Schritt für Schritt näherte er sich ihr. Seine Gedanken überschlugen sich. Sollte er etwas sagen? Oder doch besser einen Überraschungsangriff wagen?

Der Fleischermeister war zwar von bärenhafter Gestalt, aber er hatte keine Kampferfahrung. Das letzte Mal hatte er sich in der Grundschule mit dem bekloppten Heinz Sigurdsen aus der Parallelklasse geprügelt – und auch noch verloren.

Andererseits konnte Todesangst ungeahnte Kräfte freisetzen. Das hatte er zumindest mal in einer Illustrierten gelesen.

Johannsen entschied sich dennoch für den Bluff.

»Ich habe dich gehört und bin bewaffnet. Du hast zehn Sekunden, um abzuhauen. DANN DREH ICH DICH DURCH DEN FLEISCHWOLF!«, brüllte er mit bebender Stimme.

Er hoffte, das würde den Eindringling zum Rückzug bewegen. Doch er musste seinen Worten auch Taten folgen lassen. Schon wieder startete das Gedankenkarussell. Wer auch immer das Geräusch verursacht hatte, wusste jetzt, wann Johannsen aus der Tür kommen würde. Spontan entschied der Fleischermeister sich für eine weitere Finte.

Laut begann er zu zählen: »Eins, zwei, drei, vier, fünf, sechs ...« Doch nicht bei zehn, sondern bei sieben riss er die Tür auf und stürmte schreiend in den Flur. Den Schuhanzieher hielt er hoch über den Kopf, um sofort zuschlagen zu können. Das Licht aus dem Schlafzimmer erhellte den Flur nur mäßig. Wild schlug Johannsen mit der freien Hand auf die Wand und traf beim zweiten Mal den Lichtschalter. Die Strahler an der Decke gingen an und Johannsen drehte sich um die eigene Achse. Niemand war zu sehen.

Seine Anspannung ebbte trotzdem nicht ab. Vom Flur ging es noch in die Küche. Versteckte sich dort jemand? Johannsen bekam es wieder mit der Angst zu tun und bevor sie ganz von ihm Besitz ergriff, rannte er los. Mit stampfenden Schritten polterte er wie ein Elefant in die Küche und schlug mit dem Schuhanzieher um sich. Er landete einen Volltreffer. Der Toaster flog von der Arbeitsplatte durch den halben Raum. Einen Menschen hatte er nicht getroffen. Auch in der Küche war niemand.

Vielleicht war der Eindringling doch abgehauen? Johannsen musste die Haustür untersuchen, möglicherweise waren Einbruchsspuren daran. Er bog aus der Küche um die Ecke in den Flur. Zum ersten Mal sah er auf den Boden und entdeckte etwas, das gestern Abend noch nicht da gewesen war.

Der Ostsee-Kurier lag auf dem braunen Teppich. Johannsen ging zum Briefschlitz in der Tür, drückte die Klappe hoch und ließ sie wieder fallen.

Da war das Klappern, das er gehört hatte. Er war das Geräusch nicht gewohnt, weil er normalerweise noch tief und fest schlief, wenn der Zeitungsbote kam. Und der Postbote gab die Briefe schon seit Jahren unten im Laden ab.

Johannsen lehnte sich mit dem Rücken gegen die Wand und rutschte daran hinab. Er musste kurz und bitter über sich selbst lachen, dann stöhnte er erschöpft. Diese ganze Sache machte ihn fertig.

Der Metzger rieb sich den dicken Schädel, dachte

nach und fällte eine Entscheidung. Er würde sich ein paar Tage freinehmen, seine Gesellen könnten den Laden gut so lange ohne ihn schmeißen. Hannes war ohnehin schon dabei, seinen Meister zu machen.

Johannsen beschloss sofort zu verschwinden. Dieser Killer mordete schließlich in einem schnellen Tempo. Er hatte auch schon eine Idee, wo er sich einige Zeit verstecken könnte. Genau dort, wo man ihn am wenigsten vermuten würde. Zum ersten Mal an diesem Morgen musste er lächeln.

Seine Idee war genial.

Kapitel 25

Sönke

Sönke presste den Knopf für den achten Stock mehrmals hintereinander tief in das Metallgehäuse.

»Komm schon«, murrte er.

Der Fahrstuhl im Polizeihochhaus in Lübeck blieb unbeeindruckt und setzte sich wie gewohnt nur gemächlich in Bewegung. Sönke war spät dran. Brandmeier und der Fleischermeister Hein Johannsen warteten wahrscheinlich schon zusammen mit Barsch auf ihn. Der Fahrstuhl ächzte und wackelte, während er sich seinen Weg nach oben bahnte. Irgendwann würde er mit dem alten Dreckskasten abstürzen, befürchtete Sönke.

Endlich öffneten sich die Fahrstuhltüren. Das Erste, was Sönke sah, war das Gesicht von Barsch zwanzig Zentimeter vor seinem. Er musste direkt vor dem Lift auf ihn gewartet haben. Der Kommissar zuckte zurück.

»Wusst' ich doch, dass du das bist, der da angejuckelt kommt«, sagte Barsch.

»Mensch, erschreck mich nicht so. Lauerst du mir auf?« Dann fiel Sönke ein, dass ja er es war, der zu spät kam. Schnell schob er hinterher: »Sorry für die Verspätung.«

Das Lächeln auf Barschs Gesicht sah an diesem Morgen ziemlich gequält aus.

»Ähm, der Brandmeier ist da … aber der Johannsen ist weg.«

»Wie, der ist weg?«

»Ich wollte ihn heute Morgen persönlich zu Hause abholen, aber er war nicht da. Im Laden war er auch nicht. Sein Mitarbeiter hat gesagt, er habe sich spontan ein paar Tage freigenommen.«

»Okaaay«, sagte Sönke lang gezogen. »Es macht ihn verdächtig, wenn er das Gespräch mit uns sausen lässt.«

»Nun ja«, druckste Barsch herum und wippte von einem Fuß auf den anderen. »Er wusste nichts von dem Termin. Ich wollte beide erst spontan informieren, damit sie sich keine Geschichte zurechtlegen können, falls bei deren Skatrunde irgendwas im Argen ist.«

Sönke nickte. Das Argument leuchtete ihm ein. »Was sagt die Streife, die heute Nacht vor dem Haus stand?«

»Dass alles ruhig war.«

»Und wie ist er dann verschwunden?«

Barsch machte wieder ein bedröppeltes Gesicht. »Das ist ganz dumm gelaufen.«

»Raus damit, was ist passiert?«, forderte Sönke alarmiert.

»Einer von denen war beim Bäcker Frühstück holen und genau während er weg war, hat der andere es im Darm gekriegt …«

Sönke fasste sich an die Stirn. »O Mann, das kannst du keinem erzählen.«

»Lass uns eine Großfahndung einleiten«, schlug Barsch vor.

Sönke nickte. »Gut, kannst du das machen? Ich würde dann noch mal mit Brandmeier reden.«

»Geht klar.« Barsch verschwand im Laufschritt den Flur hinunter in Richtung Leitstelle.

Torsten Brandmeier saß mit einer Tasse Kaffee in der Hand in dem schmucklosen Konferenzraum der Polizeidirektion und genoss den Ausblick auf die Lübecker Altstadt.

»Guten Morgen«, begrüßte Sönke ihn und setzte sich dem Kurdirektor gegenüber. Die beiden Kommissare hatten extra den Konferenzraum ausgesucht. Das Verhörzimmer wirkte auf Zeugen oft einschüchternd, weil sie sich wie Verdächtige fühlten.

Was von alledem war dieser Brandmeier eigentlich? Mögliches Opfer, Zeuge, Verdächtiger?

Sönke beschloss es mit direkter Konfrontation zu versuchen.

»Mein Kollege hat ja schon kurz mit Ihnen geredet. Lassen Sie mich offen sprechen …«

»Nur zu«, sagte Brandmeier und breitete die Arme aus.

»Zwei Ihrer Skatkollegen haben das Zeitliche gesegnet und wir haben einen eindeutigen Hinweis, dass es einen Zusammenhang mit Ihrer Spielrunde gibt. Irgendetwas muss da also vorgefallen sein und ich möchte wissen was!«

Brandmeier kniff verärgert die Augen zusammen. »Glauben Sie, ich habe mir nicht selbst den Kopf darüber zerbrochen? Schließlich bin ich ja auch in Gefahr. Wenn mir etwas eingefallen wäre, hätte ich längst etwas gesagt.«

»Da muss aber etwas sein. Ich helfe Ihnen mal auf

die Sprünge. Hatte jemand von Ihnen Geldprobleme? Wollte Rasmus deshalb die Kneipe verkaufen?«

»Was weiß ich. Ich bin nicht sein Bankberater«, konterte Brandmeier harsch.

»Haben Sie denn jemals um Geld gespielt?«

Brandmeier räusperte sich.

Sönkes Gedächtnis registrierte sofort, dass es das erste Mal war, dass der Kurdirektor dieses Geräusch machte. Weder während ihres vergangenen Gesprächs noch heute hatte er dieses Räuspern bereits gehört. Der Mann wollte Zeit gewinnen.

»In der Regel nicht, nein.«

»In der Regel?«, hakte Sönke nach.

Brandmeier zögerte wieder. »Also manchmal gab es besondere Runden, da ging es dann auch um Geld.«

»Um viel Geld?«

Brandmeier breitete die Handflächen aus. »Viel, ja, was ist viel? Das ist ja für jeden anders.«

Sönke setzte ein Lächeln auf. »Wie viel war es denn bei Ihnen?«

»Mein Gott, das weiß ich nicht mehr. Unser letztes Treffen ist schon ein paar Monate her.«

Der Hauptkommissar schlug mit der flachen Hand auf den Tisch. »Schluss jetzt. Sie werden doch wohl noch die Einsätze wissen.«

»Na ja, das konnte schon mal in den vierstelligen Bereich gehen.«

Sönke blickte Brandmeier in die Augen. »Und war Rasmus ein erfolgreicher Spieler?«

»Geht so.«

»Hatte er bei einem von Ihnen Schulden?«

Der Kurdirektor zuckte mit den Schultern. »Keine Ahnung. Bei mir nicht.«

»Sicher?«

»Natürlich. Und außerdem hat Ihre Theorie einen Haken!« Brandmeier blickte den Kommissar herausfordernd an.

»Und welchen?«, fragte Sönke.

»Wenn er bei jemandem Schulden hatte, warum sollte derjenige ihn dann umbringen?«

Sönke dachte nach. Dafür könnte es viele Gründe geben. Welche, die dafürsprachen, aber auch welche, die dagegensprachen. In einem hatte Brandmeier jedoch recht: Eine schlüssige Theorie hatten sie nicht. Sie stocherten im Dunkeln herum und hofften auf einen Zufallstreffer, der ihnen weiterhalf.

Sönke blickte auf die Uhr auf seinem Handy. Er musste sich jetzt um die Fahndung nach diesem Johannsen kümmern. Er wollte keine dritte Leiche aus der Ostsee holen.

»Herr Brandmeier. Solange die Hintergründe unklar sind, können wir nicht ausschließen, dass Sie ebenfalls in Gefahr sind. Wir stellen jetzt dauerhaft zwei Beamte zu Ihrem Schutz ab, bitte kooperieren Sie mit ihnen und teilen Sie ihnen mit, wenn Sie irgendwo hingehen.«

Dass die Polizisten Brandmeier nicht nur beschützen, sondern auch überwachen sollten, behielt Sönke für sich.

»Muss das sein?«, fragte der Kurdirektor.

»Ja, das muss«, antwortete Sönke und stand auf. Das Gespräch war beendet. Vorerst.

Kapitel 26

Hein Johannsen

Johannsen stöhnte unter dem Gewicht der beiden Taschen, die links und rechts über seinen Schultern hingen. Aber er wollte nicht zweimal gehen und Zeit verlieren. In der alten Nike-Sporttasche befanden sich ein paar Klamotten und sein oller Bundeswehrschlafsack. Die Strandtasche war randvoll mit Vorräten aus der Fleischerei: Frikadellen, hausgemachte Gulaschsuppe und Labskaus in Dosen sowie mehrere Flaschen Wasser.

Er bemühte sich gerade und konzentriert zu gehen, bevor er auf den Steg des Seglerhafens auf dem Priwall trat. Die Halbinsel Priwall lag der Travemünder Vorderreihe gegenüber, nur eben auf der anderen Seite der Trave, die hier in die Ostsee floss. Eine Personen- und eine Autofähre verbanden die beiden Promenaden.

Die Tasche mit der Kleidung warf Johannsen auf das Deck seiner kleinen Segelyacht. Die Vorräte stellte er vorsichtig über die Reling.

Nachdem er alles unter Deck verstaut hatte, löste Johannsen die Leinen. Erst mal wollte er raus aus dem Hafen, gemütlich machen konnte er es sich immer noch. Der Metzger setzte sich ans Heck, schmiss den alten Dieselmotor an und tuckerte an der majestätischen Viermastbark *Passat* vorbei auf die Ostsee hinaus. Ein leichter Nebelschleier lag auf dem grünlich schimmernden Wasser und Seemöwen umkreisten kreischend sein Schiff. Er drehte ab nach Steuerbord und nahm Kurs Richtung mecklenburgische Ostseeküste. Von vorne kam ihm einer der großen Pötte aus Skandinavien entgegen. Johannsens *Helga* würde aber längst aus der Fahrrinne verschwunden sein, wenn das Containerschiff die Travemündung erreichte.

Der Fleischermeister blickte auf den Horizont. Zwischen ihm und der dänischen Küste lagen rund sechzig Kilometer freies Meer.

Johannsen war zufrieden mit sich.

Antizyklisch. Das war das richtige Wort für seinen Fluchtplan. Wenn es wirklich einen Killer gab, der seine Opfer in der Ostsee ertränkte, wäre es doch das Natürlichste der Welt gewesen, sich ins Binnenland zurückzuziehen. Wer rechnete schon damit, dass man sich freiwillig hinaus auf die offene See wagte? Direkt in das Revier des Mörders.

Dabei war er hier am sichersten. Johannsen hatte rundum kilometerweit freie Sicht. Wenn sich ein anderes Boot näherte, würde er das frühzeitig bemerken. Selbst wenn dichter Nebel aufzog, was zu dieser Zeit nicht unüblich war. Über den Radar hatte er alles im Blick.

Das Land hingegen bot keine Sicherheit. Hinter jeder Ecke konnte der Täter lauern und ihn leicht überwältigen oder mit vorgehaltener Waffe zum Wasser bringen.

Kurz nach Mittag ging Johannsen drei Kilometer vor dem Ostseebad Boltenhagen vor Anker. Ein hervorragender Platz. Hier verirrte sich kaum jemand her, nicht einmal die Fischer. Die meisten Segler hatten ihre Boote schon winterfest gemacht und in die Lager an Land gebracht.

Der Fleischermeister stieg durch die Luke unter Deck. Der Schlaf- und Wohnbereich war so groß wie in einem Wohnwagen und ähnlich eingerichtet. Es gab eine Sitzecke, ein Bett, eine kleine Kochecke und ein WC, das so klein war, dass Johannsen die Tür offen stehen lassen musste, wenn er auf dem Pott saß – seine Knie drückten sonst gegen die Tür. Darüber hatte Helga sich immer köstlich amüsiert.

Hitze stieg in ihm auf, als ihm einfiel, was er vergessen hatte. Es erinnerte ihn ein wenig an das Gefühl vom Morgen, als er geglaubt hatte, dass jemand in seine Wohnung eingebrochen wäre. Johannsen hatte das Schiff nicht auf einen möglichen blinden Passagier kontrolliert, bevor er ausgelaufen war. Was, wenn der Mörder sich auf seinem Boot versteckt hatte?

Auf die Hitze folgte eine Gänsehaut. »Nein, nein, nein«, ermahnte Johannsen sich selbst. Noch einmal würde er nicht in Panik verfallen. Er atmete ein paarmal durch. Es gab nicht viele Möglichkeiten, sich in diesem kleinen Raum zu verstecken. Da waren nur das Klo und der Wandschrank. Sitzecke und Bett hatte er von der Treppe aus im Blick. Johannsen beschloss es schnell hinter sich zu bringen. Mit drei Schritten war er im Raum und riss erst die Tür des Wandschranks und dann die des WCs auf. Da war nichts außer einem Putzeimer, einem Besen und der Kloschüssel.

Er schlug sich mit der flachen Hand gegen den Kopf. Alles nur Hirngespinste.

Weg mit euch.

Plötzlich entdeckte er noch etwas im Schrank, das seine Laune schlagartig nach oben katapultierte. Hinter den Putzsachen standen seine alte Angel und die Köderbox.

Langeweile brauchte er nicht mehr zu befürchten. Er würde auf Dorsch gehen und wenn er einen fing, blieben die Dosen heute Abend zu. Er blickte zur Küchenzeile. Die gusseiserne Pfanne, die er von seiner Mutter geerbt hatte, hing noch am Haken. Heute würde es frischen Pannfisch geben.

Seine Ängste waren wie verflogen. Er fragte sich sogar, ob er überreagiert hatte. Wer sollte ihm etwas zuleide tun wollen? Schietegal, ein paar Tage auf dem Wasser taten ihm in jedem Fall gut. Der Metzgermeister zog seinen dicken Anorak gegen die kühle Seeluft über, schnappte sich seine Angel und kletterte wieder an Deck. Mit geübten Griffen legte er alles bereit, stellte seinen Klapphocker am Heck auf, befestigte einen der kleinen Gummifische am Haken und warf die Angel aus.

Johannsen schaute sich um. Rundherum nichts als Wasser und endlose Weite. Nur der leichte Wind und die sanften Wellen, die gegen das Boot schlugen, waren zu hören. Er seufzte. Nirgends war es schöner als draußen auf der Ostsee. Und sicherer …

Kapitel 27

Hein Johannsen

Es war ein prächtiger Fisch, über einen halben Meter lang und mit bestimmt zwei Kilo Fleisch auf den Gräten. Drei Stunden hatte Johannsen still dagesessen, auf das Meer geschaut, und irgendwann hatte er den Moment erreicht, in dem ihm aufgefallen war, dass er die letzte halbe Stunde an nichts gedacht hatte. Diese Esoterik-Spinner versuchten in Klöstern von Mönchen das Meditieren zu lernen. Das konnten sie sich sparen. Sie sollten einfach angeln gehen.

Der Dorsch hatte genau im richtigen Moment angebissen. Der Wind nahm zu und Regenwolken zogen vom Norden heran. Johannsen verschwand mit seiner Beute unter Deck.

Der Fisch landete in der Spüle. Mit dem scharfen Filetiermesser schnitt er ihn von der Schwanzflosse bis zu den Kiemen auf. Bewusst drosselte er die bärenhafte Kraft in seinen Armen und entnahm die Organe mit sanften Bewegungen. Die Gallenblase durfte nicht beschädigt werden, sonst würde er den Fisch verderben.

Beide Hände voller stinkender und blutverschmierter Innereien stapfte er an Deck. Die See war kabbelig geworden, das Boot schaukelte und er musste aufpassen nicht zu stürzen. Sprühregen traf ihn im Gesicht. Er warf die Fischreste in die offene See. Sofort stürzten einige Möwen schreiend herab und stritten sich um das Festmahl. Johannsen scherte sich nicht um den Kampf, sondern sah zu, dass er wieder unter Deck verschwand, und schloss die Luke hinter sich, damit es nicht hereinregnete.

Fischgeruch hatte sich in der Kabine ausgebreitet. Johannsen atmete tief durch die Nase ein. Für ihn war der Geruch von frischem Fisch oder Fleisch kein Gestank. Es war ein herrlicher Duft.

Gekonnt und schnell häckselte er eine große Zwiebel klein. Darin hatte er Erfahrung. Seit dreißig Jahren schnitt er die Zwiebeln für die Frikadellen und das Zwiebelmett in seinem Laden höchstpersönlich. Die Stückchen warf er mit etwas Butter in die Pfanne. Mit dem Messer in der Hand wandte er sich erneut dem Fisch zu und begann ihn zu filetieren.

Abrupt hielt er inne. Da war ein Geräusch gewesen. Es klang, als wäre oben an Deck etwas umgefallen.

Vielleicht war es der Wind, der eine der Leinen gegen den Mast schlug? Sicherheitshalber ging Johannsen zum Bordcomputer und warf einen Blick auf den Radarschirm. Alles war ruhig. Der Radar umfasste einen Umkreis von 300 Metern um das Schiff und da war nichts als die Ostsee. Kein Schiff, nicht mal ein Schlauchboot oder eine Boje. Nur glattes Wasser umgab die *Helga*.

Beruhigt ging Johannsen zurück zum Herd. Er wendete seine Fischfilets in Mehl und griff nach dem Salz im oberen Küchenschrank.

Doch da war wieder ein Geräusch. Dieses Mal war es leiser, dafür wiederholte es sich.

Scheiße! Sind das Schritte oben an Deck?

Das war unmöglich. Niemand konnte an Bord sein; es gab keine Möglichkeit für jemanden, sich zu verstecken. Aber es hörte sich verdammt danach an.

Es half nichts. Johannsen musste nachsehen, sonst hätte er keine ruhige Minute mehr. Das Filetiermesser behielt er in der Hand, als er zu der Treppe ging, die nach oben führte.

Der Metzger griff nach der Luke und versuchte sie langsam zu öffnen. Zunächst wollte er sie nur einen winzigen Spalt aufmachen, damit er hinausschauen konnte.

Doch die Klappe rührte sich nicht.

Was war da los? Johannsen rüttelte jetzt kräftiger an der Luke. Sie bewegte sich nicht mehr als zwei Zentimeter auf und ab. Es fühlte sich an, als würde sie irgendwo festklemmen. Einen Meter neben dem Ausgang aus der Kajüte war ein Fenster in die Decke eingelassen. Der Fleischermeister spähte hindurch. Als er den richtigen Blickwinkel gefunden hatte, entdeckte er, dass etwas auf der Tür lag, schmal und lang. Johannsen konnte nur wenige Zentimeter davon sehen. Könnte das der Stiel des Besens sein, mit dem er immer das Deck schrubbte? Wie kam der dahin? Normalerweise war der sicher am Mast befestigt.

Johannsen stemmte die Schulter gegen die Luke und drückte mit aller Kraft dagegen. Nichts geschah. Eine böse Ahnung ergriff von ihm Besitz. Zwei Stahlgriffe waren von außen an der Deckstür angebracht. Wenn der Besen dort hindurchgeschoben worden wäre, würde er wie ein Riegel wirken. Die Tür wäre verkeilt. So musste es sein.

Das Schlimmste war jedoch, dass so etwas nicht von allein passieren konnte. Johannsen spürte sein Herz schnell gegen den Brustkorb schlagen.

Er war nicht allein an Bord.

Seine Gedanken begannen sich um die Frage zu drehen, wie das sein konnte.

Hör auf, ermahnte er sich. Es war scheißegal, wie jemand Fremdes an Bord gekommen war. Die einzige Frage, über die er sich Gedanken machen sollte, war die, was er jetzt tun konnte. Sein Körper war von der Angstattacke am Morgen an das Gefühl gewöhnt. Dieses Mal konnte Hein Johannsen besser denken. Als Erstes suchte er sich eine Waffe. Das Filetiermesser war gut, aber das große Fleischermesser, das in dem Holzblock an der Wand steckte, noch viel besser. Er tauschte. Die Klinge war fest und so lang wie sein Unterarm. Jetzt musste er versuchen rauszukommen. Mit aller Kraft begann er von unten gegen die Luke zu schlagen. Und er hatte große Muskeln. Johannsen hatte vor ein paar Jahren mal eine Wette gegen seinen Gesellen gewonnen, weil er es geschafft hatte, einen Rinderbeinknochen mit bloßen Händen zu zerbrechen. Da konnte doch ein Besenstiel kein Hindernis sein.

Minute um Minute verging, während der große Mann auf die Luke einhämmerte. Und mit jeder Minute schwanden seine Kräfte.

Erschöpft ließ er sich schließlich auf die Sitzbank fallen, sein Schweiß tropfte wie aus einem leckenden Wasserhahn unaufhörlich auf die Tischplatte vor ihm. Langsam dämmerte Johannsen, dass der Holzstiel nicht das Einzige war, womit die Luke verschlossen wurde. Da musste noch etwas sein, das er von dem Fenster aus nicht sehen konnte.

Was sollte das alles? Was hatte die Person vor?

Johannsen schwante, dass es etwas Schreckliches sein musste. Wer sollte die Tür sonst verschlossen haben, wenn nicht der Killer?

Piep! Piep! Piep!

Die Radaranlage erwachte zum Leben. Johannsen richtete sich schwerfällig auf und ging zu dem Bildschirm.

Etwas kam näher. Ein Boot.

Kapitel 28

Hein Johannsen

Metzger Hein Johannsen starrte auf den Bildschirm des Radargerätes. Der blinkende grüne Punkt war jetzt direkt neben seinem Schiff. Er legte eine Hand an sein Ohr und lauschte angestrengt. Doch nichts geschah. Wer auch immer an der Seite seines Schiffes angelegt hatte, kam nicht aufs Boot. Sonst hätte er Schritte gehört.

Johannsen blickte auf die Uhr über seinem Bett. 18.21 Uhr. Zufällig hatte er einen Blick darauf geworfen, als das unbekannte Schiff festgemacht hatte. Da war es 18.15 Uhr gewesen. Seit sechs Minuten lag das Schiff also schon an seinem. Warum passierte nichts?

Ihm platzte der Kragen.

»Hey, wer ist da draußen? Gib dich zu erkennen, du Feigling!«, brüllte er.

Niemand antwortete. Stattdessen drang wenig später ein dröhnendes Geräusch an sein Ohr. Laut und schrill. Sein Boot vibrierte.

»Was zur Hölle ...« Johannsen riss die Augen auf. Was war das? Da war ein schwarzer Fleck an der Bordwand aufgetaucht. Irgendetwas drang in die Kabine ein. Ungefähr so groß wie ein Finger. Er ging näher heran und starrte das Ding an.

Urplötzlich wurde ihm schlecht. Das war eindeutig

ein 10-Millimeter-Bohrer, der sich jetzt ganz langsam zurückzog.

Plopp!

Der Bohrer war verschwunden – und hatte Platz für das Wasser gemacht, das nun durch das Loch eindrang. Ein schmaler, aber kräftiger Strahl, ungefähr wie bei einem voll aufgedrehten Wasserhahn.

Das Dröhnen des Bohrers hallte erneut von den Wänden der Kabine wider. Ein zweites Loch tauchte einen halben Meter weiter links auf.

Johannsen trommelte mit der Faust gegen die Außenwand. Wer auch immer dafür verantwortlich war, musste sich in dem Boot befinden, das seitlich an seinem festgemacht war. Und schräg von oben unter die Wasserlinie seiner *Helga* bohren.

»Hören Sie auf!«, schrie Johannsen. Er bekam wieder keine Antwort. Natürlich nicht. Stattdessen tauchte ein drittes Loch auf. Der Bohrlärm verstummte. Da war nur noch das Rauschen und Gurgeln des Wassers. Es klang genau so wie das Einlassen eines Bades. Nur dass das Wasser kalt und salzig war und diese Wanne mit ihm zusammen untergehen würde. Schon nach ein paar Minuten stand das Wasser ihm bis zu den Fußknöcheln.

Aus dem kleinen Lautsprecher am Radarbildschirm kam wieder ein Piepen. Das unbekannte Boot entfernte sich.

Johannsen erlebte die Phasen der Akzeptanz seines nahenden Todes innerhalb von Minuten. Erst rieb er sich die Augen und betete, dass alles nur ein Traum wäre, dann zertrümmerte er mit seinen Fäusten in rasender Wut die Küchenschränke, brach in Tränen aus und ließ sich auf einen Stuhl sinken. Das Wasser hatte seine Knie erreicht. Sein Körper zitterte vor Kälte.

In einem verzweifelten Versuch stopfte er Putzlappen in die Löcher, die jedoch sofort durch den Wasserdruck wieder herausgeschleudert wurden.

Er konnte nichts tun. Selbst wenn es ihm doch noch gelingen würde, die Tür aufzubrechen, wäre er verloren. Drei Kilometer waren es bis zur Küste, das Wasser war in den vergangenen Tagen weiter abgekühlt. Seine Chancen, dort draußen zu überleben oder gefunden zu werden, lagen unter einem Prozent. Die Anschaffung einer Rettungsinsel oder eines Überlebensanzugs war ihm immer zu teuer gewesen. Stattdessen hatte er ein kleines Supermarkt-Schlauchboot in die Seekiste an Deck gelegt. Damit belog er sich selbst – die Möglichkeit, in so einem Ding zu überleben oder mehrere Kilometer zurückzulegen, war äußerst gering. Wahrscheinlich zögerte es den Tod nur hinaus. Trotzdem hätte er alles dafür gegeben, nach diesem letzten Strohhalm greifen zu dürfen. Doch wie? Die Luke war felsenfest verschlossen. Das Wasser umspülte seine Oberschenkel.

Johannsen war nie gläubig gewesen. Doch jetzt schickte er ein Gebet gen Himmel. Zunächst ließ er die Augen geschlossen, murmelte flehende Worte vor sich hin.

Als er die Augen öffnete, wurde er erhört.

»Ich sehe was, was du nicht siehst … was du nicht gesehen hast«, flüsterte er zu sich selbst.

Kapitel 29

Anne

Anne stieg hinab in den Keller, der unter den Räumen der Redaktion des Ostsee-Kuriers lag. Es war eine dunkle Welt mit Abwasserrohren an der Decke und grellen Neonröhren. Doch als sie die Stahltür zum Archiv des Kuriers öffnete, empfing sie ein angenehmer Duft. Die meterlangen Regale vor ihr ächzten unter dem Gewicht schwerer Zeitungsbände.

Man konnte der Verlagsleitung nicht vorwerfen, dass sie die Digitalisierung komplett verschlafen hätte. Website und App funktionierten einwandfrei und die steigende Zahl der Online-Abos hatte die sinkende Zahl der Print-Abos mittlerweile fast eingeholt. Nur war eben kaum Geld für die Digitalisierung der bereits erschienenen Artikel übrig geblieben. So wenig, dass das Programm derzeit mal wieder in die Knie gegangen war und die IT noch keine Ahnung hatte, wann es wieder laufen würde. Auf absehbare Zeit hatte sie keinen Zugriff auf das digitale Archiv.

Natürlich konnte Anne auf Google nach eigenen und anderen Texten suchen, die online erschienen waren. Das würde sie auch tun, dafür hatte sie ihren Laptop dabei. Einiges würde sie aber auch in den alten Zeitungen nachschlagen müssen – oder, besser, dürfen. Denn in Wahrheit war sie gerne hier unten.

Das Leben hatte Anne zu einer toughen Frau gemacht. Meistens. Ein Mensch war nie nur eines. Niemand wusste das besser als Anne. Ja, sie war eine harte Polizeireporterin. Manchmal war sie aber auch verletzlich. Dann war dieser Archivraum ihr Schutzraum. Vielleicht weil die dicken Mauern tatsächlich an einen Bunker erinnerten. Niemand kam hier runter. Sie hatte ihre Ruhe, um zu recherchieren – und sich etwas zu gönnen.

Sie nahm an dem kleinen Tisch in der Ecke des Raumes Platz. Zärtlich öffnete sie den Styroporbehälter und atmete tief den einzigen Duft ein, den sie als noch herrlicher empfand als den des alten Papiers: das Aroma der dicken Pommes mit Curry-Majo von dem kleinen Imbiss an der Vorderreihe.

Ihre in ihrem Leben immer wiederkehrende Diät war ihr heute scheißegal. Sie hatte Stress und viel Arbeit vor sich, da brauchte sie Nervennahrung. Und ein Naturjoghurt oder ein Blattsalat waren da ihrer Meinung nach nicht geeignet.

»Guten Appetit«, wünschte sie sich selbst. Der würzige Geschmack des Paprikasalzes auf ihrer Zunge ließ sie genießerisch die Augen schließen. Das Beste war: Hier unten glotzte sie niemand beim Essen an.

Es gab Menschen, die konnten Lippen lesen. Anne hingegen konnte Blicke lesen. »Jetzt muss die Dicke auch noch Pommes reinstopfen, eklig«, war der »meistgeblickte« Satz, der ihr begegnete, wenn sie es wagte, die große Pommes-Majo-Tüte in der Öffentlichkeit zu essen.

Ihr könnt mich mal, dachte sie und schob ein zweites Kartoffelstäbchen nach, während sie mit der anderen Hand ihren Laptop aufklappte. Zum Glück war das

WLAN so gut, dass es bis nach hier unten in den Keller reichte. Zuerst würde Anne die Onlinerecherche machen.

Irgendetwas stimmte nicht in diesem Fall. Sie kannte ihren Onkel seit ihrer Geburt. In seinem Gesicht war nichts Auffälliges gewesen, als sie ihn nach der Kartenrunde gefragt hatte. Kein Zucken, kein Weggucken. Anne glaubte nicht, dass er gelogen hatte. Und doch musste da etwas sein.

Über mehr als einhundert Verbrechen hatte Anne schon berichtet. Die Polizeireporterin kannte sich besser aus als so mancher Ermittler.

Sie balancierte eine lange Fritte wie eine Zigarette im Mundwinkel und öffnete ein Textdokument. Bevor sie googelte, wollte sie sich das notieren, was sie hundertprozentig über den Fall wusste.

Knut Rasmus und Frieder Weidemann sind innerhalb von drei Tagen tot aus der Ostsee geborgen worden. Beide wurden höchstwahrscheinlich ermordet.

Anne wusste, dass das kein Zufall sein konnte. Eine Mordserie in Travemünde, so etwas hatte sie in ihrer Laufbahn noch nie erlebt. Sie schrieb weiter:

Derselbe Täter = dasselbe Motiv?

Das war ihre Theorie. Wenn ein Täter zwei Männer auf die gleiche Weise innerhalb kürzester Zeit tötete, hing das höchstwahrscheinlich zusammen. Die beiden Opfer musste etwas verbinden, aus dem sich das Motiv des Täters ergab. Diese Verbindung gab es bei Serientätern eigentlich immer. Es gab Sexualstraftäter, die es stets auf den gleichen Typ Frau abgesehen hatten. Religiöse Fanatiker, die Anhänger anderer Glaubensgemeinschaften verfolgten, Unterweltbosse, die Widersacher ausschalteten, die sich gegen sie verschworen hatten. Irgendetwas hatten die Opfer gemeinsam. Da war Anne sich hundertprozentig sicher. Sie musste nur herausfinden, was es war.

Nicht sicher, aber sehr wahrscheinlich war, dass das Kartenspiel auf die Skatrunde hindeutete.

Gibt es eine Gemeinsamkeit der vier Spieler?
Sind sie alle Ziele oder kommt der Täter aus ihren Reihen oder ihrem Umfeld?, schrieb sie auf.

Das waren Fragen, denen Anne in den nächsten Stunden auf den Grund gehen würde. Und sie würde diesen Keller nicht verlassen, bis sie eine Idee hatte, was dahinterstecken könnte.

Kapitel 30

Hein Johannsen

Im Angesicht des Todes ergriff Fleischermeister Johannsen Euphorie. Im Gebet hatte er den Kopf gen Himmel
gehoben und sein Blick fiel durch das Dachfenster auf
die düstere Wolkenwand über der Ostsee. Es war das
Fenster, durch das er den Besenstiel erkannt hatte. Das
Fenster, das er selbst und der Mörder vergessen hatten.
Es hatte zwar nur einen Kippmechanismus und konnte
nicht ganz geöffnet werden, aber es war nicht so massiv
wie die Luke.

Johannsen kämpfte sich durch die dunkle, eiskalte
Brühe, die jetzt seinen Bauchnabel erreichte. Die *Helga*
lag tief im Wasser. Johannsen schätzte, dass es keine fünfzehn Minuten mehr dauern würde, bis die Ostsee ihre
kalten Finger über dem Deck schloss. Das Wasser würde
durch alle Ritzen nach innen dringen und ihn mitsamt
seinem Boot hinab auf den Grund des Meeres ziehen.

Er riss die Schublade des Küchenschränkchens auf,
die sich bereits unter Wasser befand. In dem trüben Nass
griff er nach dem Fleischerhammer, mit dem er seine
Steaks und Schnitzel bearbeitete. Nach kurzem Tasten
bekam er ihn zu fassen.

Johannsen watete rüber zum Fenster und warf einen
bangen Blick auf das flackernde Licht an der Decke.
Wenn die Lampe ausfiele, stünde er im Stockdunkeln.

Was hatte er geschätzt? Fünfzehn Minuten, die ihm blieben. Davon waren circa dreizehn übrig. Trotzdem musste er sich die Zeit nehmen, noch einmal zum Wandschrank zu waten. In dem Karton im obersten Regal fand er, was er gesucht hatte: die Stirnlampe, mit der er im Dunkeln an Deck arbeitete. Zum Glück waren die Batterien frisch. Zurück zum Fenster schwamm er mehr, als dass er noch laufen konnte. Das Adrenalin verhinderte, dass er fror.

Der Fleischermeister visierte die Klappscharniere an dem Fenster aus Hartplastik an. Dann schlug er zu, wie er noch nie in seinem Leben zugeschlagen hatte. Wieder und immer wieder. Der Stiel des Hammers vibrierte in seiner Faust, seine Handknochen knirschten unter der Gewalteinwirkung.

Das Metall der Scharniere verbog sich vom Fenster weg in Richtung Decke. Johannsen schlug von der anderen Seite dagegen, sodass es zurück nach innen gebogen wurde und sich langsam eine mögliche Bruchstelle abzeichnete.

Noch elf Minuten.

Johannsen atmete zweimal tief durch und schöpfte neue Kraft. Wieder schlug er zu.

»GEH ENDLICH KAPUTT!« Sein Schrei ließ die dünnen Wände erzittern. Weit holte er aus und der Metallkopf des Hammers traf das Scharnier. Endlich gab es nach. Knackend brach die Schraube darin und die Metallstangen fielen krachend zu Boden.

»Jaaaaaa!«

Noch zehn Minuten!

Mit den flachen Händen drückte Johannsen das Fenster nach oben, bis es scheppernd auf das Deck fiel. Zum ersten Mal kam ihm eine Frage in den Sinn, die er bisher verdrängt hatte.

Passte er dort durch?

Unter Wasser zog er den Esstisch herbei und kletterte hinauf. Er steckte den Kopf nach draußen. Endlich atmete er wieder frische Seeluft. Unheimliche Dunkelheit umgab das Boot. Im dünnen Mondlicht konnte er jedoch erkennen, dass das Wasser keine zwei Zentimeter mehr unter dem Beginn der Reling stand. Er hatte sich verschätzt. Er hatte keine neun Minuten mehr, höchstens sechs.

Der Holzrahmen ächzte, als er sich auf dem Tisch aufrichtete und nach oben stemmte.

Scheiße, seine Schultern passten nicht durch das Fenster! Kurz geriet er in Panik, doch dann drehte er sich instinktiv zur Seite. Diagonal gelang es ihm, sich mit nach oben gestreckten Armen durch die Öffnung zu schieben. Jetzt fehlte nur noch der dicke Bauch.

Der Wind rauschte, peitschte den Regen in sein Gesicht und schlug die Seile an den Mast. Das rhythmische Klatschen klang wie ein Countdown, der runtergezählt wurde.

Noch fünf Minuten.

Mit Mühe gelang es ihm, sich bis zum Bauchnabel aufzurichten. Er setzte die Arme links und rechts auf das Deck, zog den Bauch ein und drückte sich nach oben. Wie das Wurstbrät aus dem Schweinedarm presste er sich in die Freiheit. Weiter und weiter, bis er polternd auf das Deck fiel. Sofort spürte er, dass sein Rücken nass wurde. Nicht vom Regen. Die ersten Wellen überspülten das Boot. Vielleicht noch vier Minuten.

»Komm jetzt, alter Mann!«, feuerte er sich selbst an, rappelte sich auf und sprintete zu der Metallkiste am Heck. Mit jedem seiner schweren Schritte drückte er das Boot unter Wasser. Die *Helga* fing an sich schräg zu legen.

»Sei brav, Mädchen, halte durch!«

Er riss die Kiste auf, holte das Gummiboot und die Handpumpe raus. Die kratzige Notwolldecke ließ er noch in dem Behälter, damit sie nicht nass wurde. Ebenso das kleine Paddel. Mit zitternden Fingern schloss er die Pumpe an und begann zuerst den Boden des Schlauchbootes aufzublasen. Das ging schnell, der große Seitenring würde länger dauern. Viel länger.

Noch zwei Minuten.

Ich schaffe es nicht, das Schiff sackt mir weg, dachte er. Das Deck verschwand unter der Wasseroberfläche. Er brauchte sein Schlauchboot nicht vom Boot ins Wasser zu schmeißen, die Ostsee kam bereits zu ihm.

Die Muskeln in seinen Armen brannten. Er war jetzt beim Seitenring angelangt und hatte das Boot zur Hälfte aufgeblasen, aber ihm lief die Zeit davon. Vielleicht noch dreißig Sekunden.

Johannsen sprang zur Kiste, schnappte sich die Decke und das Paddel und setzte sich in das Schlauchboot. Von drinnen pumpte er weiter, so schnell er konnte. Der Fleischermeister blickte über den Rand des kleinen Badeschlauchbootes und sah Sekunden später, wie die *Helga* unter ihm versank. Verschwommen erkannte er zunächst noch das Steuerrad, dann wurde das Schiff immer kleiner. So als fiele es in einen Abgrund. Schließlich verschlang die Ostsee auch den Mast. Als Letztes versank die kleine Deutschlandfahne an der Spitze.

»Mach's gut«, flüsterte er und realisierte erst jetzt, dass er schwamm. Das zu zwei Dritteln aufgepumpte Boot trug ihn tatsächlich. Mit letzter Kraft füllte er es weiter mit Luft, bis sich die Bordseiten prall anfühlten. Das Gummiboot tanzte auf den Wellen, drohte jedoch nicht zu kentern. Johannsen drückte es mit seinem massigen Körper fest auf die Wasseroberfläche.

Der Adrenalinspiegel sank nur ein klein wenig und schon kam die Kälte. Er riss sich die nassen Klamotten vom Körper und schmiss sie in die See. Nasse Kleidung brachte auf dem Meer den Tod. Nackt wickelte er sich in die große Wolldecke. Sein Blick kreiste umher in alle Himmelsrichtungen. Von dem Boot seines Angreifers fehlte jede Spur. Vielleicht war er noch irgendwo da draußen in der Dunkelheit. Doch wenn Johannsen ihn nicht sehen konnte, würde der Unbekannte ihn auch nicht sehen. Johannsen schaltete die Stirnlampe aus und ließ sich auf den Rücken sinken. Es war nun stockdunkel.

Er war ganz ruhig. Wenn es einen Gott gab, dann war er jetzt in seiner Hand.

Kapitel 31

Sönke

Sönke war müde, als er gegen Mittag zu ihrer kleinen Polizeistation in der umgebauten Scheune fuhr. Den ganzen Morgen über hatten Barsch und er die Groß-fahndung nach Hein Johannsen organisiert, Fotos von dem Metzgermeister besorgt und die Kollegen von der Schutzpolizei gebrieft. Eine zweite Panne durfte es nicht geben; sie mussten den Fleischermeister finden. Dabei war noch völlig unklar warum.

War er in Gefahr?

Oder ging eine Gefahr von ihm aus?

Der Kommissar hoffte inständig, dass Johannsen wirklich nur in den Kurzurlaub gefahren war. Wirklich daran glauben konnte er nicht. Während Barsch in der Polizeidirektion geblieben war, war Sönke noch einmal bei der Metzgerei vorbeigefahren und hatte mit den Mitarbeitern gesprochen. Doch niemand wusste, wo Johannsen war. Sein Mobiltelefon war ebenfalls nicht erreichbar.

Sönke plante eine kurze Mittagspause am Schreibtisch. Er hatte sich belegte Brote mitgenommen.

Als er eine zierliche Frau vor dem Haus stehen sah, hellte sich seine Miene auf. Sie hatte trotz des langen Mantels die Arme um sich geschlungen, um sich zu wärmen. Ihr Haar war vom Wind zerzaust. Jessy!

»Hey, was machst du hier?«, rief er ihr zu, während er aus dem Auto stieg.

»Auf dich warten!«

»Woher wusstest du, dass ich hierher …?«

»Ich kann hellsehen.« Sie lachte. »Nein, ich habe spontan vorbeigeschaut, um dich zu fragen, ob du Lust hast, mit mir zu Mittag zu essen. Weil euer kleines Büro geschlossen war, wollte ich gerade wieder los, da kam am Horizont dein Klapper-Corsa angerollt. Und, willst du?«

»Äh, was?«

»Na ja, essen?«

»Ach so, ja. Tut mir leid, es ist viel los. Ich kann nicht lange, aber …« Er zögerte, legte schließlich seine Brotdose zurück in den Wagen und sagte dann mit deutlicher Betonung: »Ja, ich will!«

Sie verstand die Anspielung sofort und spitzte die Lippen. »Oha! Lass uns erst mal essen.«

Im Casablanca, direkt gegenüber dem Anleger der Priwallfähre, fanden sie draußen noch einen Tisch. Durch den Heizstrahler war es angenehm warm. Sie hatten sich beide für Penne Gorgonzola entschieden. Verstohlen schaute Sönke auf die Uhr, entspannte sich dann jedoch. Er hatte alles in die Wege geleitet; es war okay, eine Pause einzulegen.

Sönke hörte Jessy zu, wie sie von ihrem neuen Buchprojekt erzählte, und beobachtete dabei die Bewegungen ihrer Lippen. Er war mehr als nur verliebt. Er konnte sich vorstellen, mit dieser Frau alt zu werden und eine Familie zu gründen. Ohne darüber nachzudenken, fragte er plötzlich: »Möchtest du Kinder haben?«

Schlagartig verdüsterte sich ihre Miene.

War er zu weit gegangen? Erst der Hochzeitsspruch, jetzt die Frage nach Kindern. Dabei kannten sie sich erst seit vier Tagen. Erst hatte er sich nicht getraut den Mund aufzumachen und jetzt baute er viel zu schnell Druck auf. Mist. Er hätte sich ohrfeigen können.

»Tut mir leid.« Er räusperte sich. »Ich wollte nicht ...«

»Ist gut, aber das falsche Thema jetzt«, sagte sie kurz angebunden.

Das Klingeln seines Telefons rettete ihn aus der Situation. Es war Hauke Barsch.

»Ja?«, meldete sich Sönke.

»Sie haben Johannsen.«

»Wo ist er?«

»Wurde am Kurstrand angespült«, sagte Barsch mit düsterer Stimme.

»Oh, Scheiße«, fluchte Sönke viel zu laut. Hörte das mit den Toten denn gar nicht auf? Jetzt auch noch Johannsen, und das nur, weil ein Polizist Dünnpfiff gekriegt hatte. Wie in einem schlechten Film.

»Ist er tot?«, fragte Sönke ohne Hoffnung.

Plötzlich hellte sich Barschs Ton auf. »Reingelegt. Er wurde angespült. Aber er saß quicklebendig in einem Schlauchboot!«

»Argh, du Mistkerl!«, schimpfte Sönke. Sein Ärger über den makabren Scherz verflog aber nach wenigen Sekunden. Die Freude, den Mann lebend gefunden zu haben, überwog.

»Wo ist er?«

»In der Uniklinik. Er war etwas unterkühlt. Aber die päppeln ihn schon wieder auf. Treffen wir uns da?«

»Aber sicher!«

Sönke legte auf.

»Was ist los?«, fragte Jessy.

»Wir haben Johannsen. Er lebt.«

»Dann musst du wahrscheinlich sofort los«, sagte sie mit traurigem Gesichtsausdruck.

Schimmerten da Tränen in ihren Augen? Sönke wollte Jessy nicht anstarren, aber es sah fast so aus. Entweder berührte der Fall sie emotional oder, und die Erklärung gefiel Sönke viel besser, sie war wirklich traurig, dass nichts aus dem Mittagessen wurde, weil sie ebenso schwer in ihn verliebt war wie er in sie. Nein, das war Quatsch, niemand heulte wegen eines Mittagessens. Wenn er der Realität in die Augen sah, war es am wahrscheinlichsten, dass die Herbstsonne Jessy geblendet hatte, denn die stand genau hinter seinem Rücken und leuchtete wie ein Spotlight auf sie.

»Ja, tut mir leid. Ich muss. Kannst du versuchen mein Essen noch abzubestellen? Ich zahle natürlich …« Sönke kramte in den Innentaschen seiner Jacke nach seinem Portemonnaie.

Jessy warf ihm einen tadelnden Blick zu. »Hör auf und sieh zu, dass du loskommst.«

Er stand auf, nahm sie in den Arm und küsste sie.

»Schen wir uns heute Abend?«, fragte sie leise.

Er sah ihr in die Augen.

»Auf jeden Fall«, antwortete er.

Kapitel 32

Anne

Annes Dokumentenordner auf ihrem Laptop füllte sich. Die Journalistin hatte alle Artikel, und sei es nur eine kleine Randnotiz, die sie über die vier Männer hatte finden können, dort hineinkopiert. Noch war sie eine Jägerin und Sammlerin. Das Lesen, die Analyse und die Schlussfolgerungen würde sie später in Ruhe vornehmen.

Ihre Onlinerecherche war abgeschlossen. Jetzt musste sie die Zeitungsbände händisch durchgucken, schließlich konnte es auch Artikel geben, die nicht online erschienen waren. Umso mehr Jahre sie zurückging, umso mehr Texte waren das. Also würde sie das Feld von hinten aufräumen.

Aber mit welchem Jahr sollte sie beginnen? Sie lief den engen Gang zwischen den Metallregalen auf und ab und ließ den Blick über die Buchrücken gleiten. Es würde ewig dauern, ein Jahr durchzublättern. Früher war der Ostsee-Kurier fünfmal in der Woche erschienen. Selbst wenn sie nur die vier Seiten des Lokalteils durchschaute, waren das summa summarum …

Anne war eine schnelle Kopfrechnerin. Kurz schloss sie die Augen und konzentrierte sich. Wenige Sekunden später hatte sie das nicht gerade motivierende Ergebnis. 1040 Zeitungsseiten mit Lokalberichterstattung pro Jahr.

Puuh! Da konnte sie nicht in den 80er-Jahren starten. Nein, wenn es eine Verbindung zwischen den Männern und den Morden gab, würde diese hoffentlich nicht Jahrzehnte zurückliegen.

Mit beiden Händen zog Anne den Pappband mit der Aufschrift *Januar 2010* heraus. Ein guter Startpunkt. Trotzdem würde sie Stunden brauchen. Die Journalistin schleppte den Ordner zu dem Tisch und schob mit dem Ellenbogen die leere Pommespackung zur Seite. Staub wirbelte auf und kitzelte in ihrer Nase, als der Zeitungsband schwer auf die Tischplatte fiel. Sie nieste.

»Gesundheit«, sagte die Stimme eines Mannes.

Er stand hinter ihr.

Kapitel 33

Sönke

Die Gummisohlen ihrer Schuhe quietschten, als Barsch und Sönke im Schnellschritt über den Linoleumboden des langen Krankenhausflures liefen. Das Gespräch mit Johannsen könnte der Wendepunkt in diesem schrecklichen Fall sein. Der Hauptkommissar brauchte dringend einen Ermittlungsansatz, denn die Angst, irgendetwas Entscheidendes übersehen zu haben, wuchs stetig in ihm heran. Sönke kannte sich; er würde sich dann ewig Vorwürfe machen.

Die Zimmernummer brauchten die Kommissare nicht zu suchen. Bereits von Weitem sahen sie die beiden Kollegen von der Schutzpolizei, die es sich auf zwei Stühlen rechts und links von der Tür bequem gemacht hatten und diese bewachten. Sie mussten ihre Ausweise nicht rausholen. Die junge Frau war neu auf der Travemünder Wache, aber Ulf Brackmann, der ältere Polizist, tat schon seit Jahrzehnten Dienst in dem Seebad. Jeder, der bei der Lübecker Polizeidirektion angestellt war, kannte ihn. Und Brackmann kannte jeden.

»So einen Job könnt ihr mir gerne häufiger beschaffen. Den ganzen Tag sitzen, Kaffee trinken und Zeitschriften lesen ist auf meine alten Tage nicht das Schlechteste«, begrüßte er sie. »Nur Jennifer hier tut sich etwas schwer.« Brackmann nickte zu seiner Kollegin.

»Ja, ein bisschen Action wäre nicht schlecht«, bestätigte Jennifer und unterdrückte ein Gähnen.

»Sorry, aber Action hatte ich die vergangenen Tage schon genug«, sagte Sönke und öffnete die Tür zum Patientenzimmer.

Hein Johannsen lag auf dem Rücken, die Bettdecke hatte er bis zum Kinn hochgezogen. Als er sie sah, zuckte der Fleischermeister zusammen. Sönke fiel ein, dass sie ja in Zivil waren und Johannsen wahrscheinlich nicht wusste, wer sie waren. Travemünde war mit nicht ganz 15 000 Einwohnern zwar kein großer Ort, aber auch nicht so klein, dass dort jeder jeden kannte. Schnell zog Sönke seinen Dienstausweis aus der Innentasche seiner Jacke. Der Fleischermeister atmete hörbar durch, als er registrierte, dass die Kriminalpolizei und nicht irgendjemand Fremdes in sein Zimmer gekommen war. Der Mann hatte tiefe Ringe unter den Augen, sein Blick war jedoch hellwach.

»Ich traue mich nicht zu schlafen«, sagte Johannsen.

Die beiden Kommissare zogen die Stühle vom Besuchertisch vor die Bettkante und setzten sich.

»Seien Sie beruhigt. Es sitzen zwei Polizeibeamte direkt vor Ihrer Tür. Und die gehen da auch nicht weg. Was macht die Unterkühlung?«, fragte Sönke.

»Besser, die haben mir drei Wärmflaschen gemacht und das dickste Federbett der Klinik gegeben. Selbst ich Riese verschwinde unter diesem Monstrum.« Er klopfte auf die Bettdecke, die sich tatsächlich wie ein riesiger Kokon um seinen Körper schloss.

Barsch setzte gerade an zu fragen, was passiert sei, da begann der Fleischermeister schon von allein zu erzählen. Wie in einem Rausch redete er sich alles von der Seele. Sönke lief ein Schauer über den Rücken, als er hörte, was Johannsen draußen auf See alles durchgemacht hatte.

Er stutzte jedoch auch. Etwas an der Geschichte machte ihn hellhörig. Sönke wusste selbst noch nicht genau, was es war. Während er darüber nachdachte, begann Barsch mit der Befragung.

»Haben Sie den Täter irgendwie zu Gesicht bekommen?«

»Nein, gar nicht.«

Sönke hatte sich inzwischen erhoben und war zum Fenster gegangen. Sein Blick fiel auf die graue Fassade eines Parkhauses. Schließlich wandte er sich um.

»300 Meter Radius hat ihr Radargerät, sagten sie?«

Johannsen nickte.

»Wie lange hat es gedauert zwischen dem Moment, in dem Sie das letzte Mal Geräusche auf dem Deck gehört haben, und dem, als das Boot sich genähert hat?«

Der Fleischermeister kratzte sich am Kopf. »Hmh, vielleicht acht, neun oder zehn Minuten.«

»Okay.« Sönke nahm sein Smartphone und öffnete Google.

»Was ist los?«, fragte Barsch.

»Einen Moment, ich will nur kurz etwas nachschauen.« Sönke tippte auf dem Bildschirm herum. »Okay, das passt«, murmelte er schließlich. »Konnten Sie anhand des Radarzeichens sehen, wie groß das Boot ungefähr war, das sich Ihnen genähert hat?«

»Na ja, so vier bis fünf Meter, mehr waren das nicht.

Vielleicht ein großes Schlauchboot oder ein kleines Kajütboot«, tippte Johannsen. »Warum fragen Sie das?«

»Ich bin mir noch nicht ganz sicher.« Sönke wandte sich an seinen Partner. »Komm, wir müssen los und etwas überprüfen.« Dann drehte er sich zu Johannsen.

»Wir kommen bald wieder.«

Der Fleischermeister wirkte irritiert, seine Augen wanderten unsicher hin und her. Er fragte aber nicht nach.

»Ja, ist in Ordnung«, murmelte er nur und zog sich wieder unter die dicke Bettdecke zurück.

Kapitel 34

Sönke

»Bist du sicher, dass er zum Ostsee-Kurier wollte?«, fragte Sönke in sein Telefon. Als er die Bestätigung bekam, nickte er nur.

»Ja, danke. Tschüs.« Er legte auf.

Sönke blickte zu Barsch, der am Steuer des Streifenwagens saß.

»Sie meint, er wollte zur Redaktion des Ostsee-Kuriers.«

Barsch trat auf die Bremse und nutzte eine Bushaltestelle in der Nordmeerstraße, um einen U-Turn hinzulegen.

»Na, dann wollen wir mal. SEK?«, fragte Barsch.

Sönke rieb sich die Schläfe. Die ganze Zeit über hatte er darüber nachgegrübelt. Aber sie hatten viel zu wenig für einen Haftbefehl. Noch waren es nur kleine Indizien. Die Beweise müssten sie im Verhör aus ihm rausholen.

»Wenn deine Theorie stimmt …«, startete Barsch seinen Satz.

»Die stimmt!«, antwortete Sönke überzeugt. »Ich weiß es einfach. Alles passt zusammen.«

»Gut, Sherlock Holmes«, sagte Barsch grinsend. »Also sagen wir, er ist der Täter. Dann könnte es gefährlich werden ohne Einsatzkommando.«

»Er hat keine Ahnung, dass wir ihn verdächtigen. Das

ist unser Vorteil. Du hältst dich hinter ihm bereit, wenn ich ihm sage, dass wir auf dem Revier mit ihm sprechen wollen.«

»Du meinst, falls er ausrastet oder zu fliehen versucht?«

»Richtig. Ich rechne aber nicht damit. Solange wir ihm keine Beweise präsentieren, hat er keinen Grund, etwas zu unternehmen. Das wäre ja dumm, schließlich käme es einem Geständnis gleich. Ich denke, er macht einen auf empört und überrascht.«

Barsch sah nicht hundertprozentig überzeugt aus. »Wir werden sehen.«

Keine fünf Minuten später parkte Barsch den Streifenwagen schwungvoll auf dem Parkplatz vor der Redaktion des Ostsee-Kuriers, die in einem für die Region typischen roten Backsteingebäude am Steenkamp untergebracht war. Barsch klappte die Sonnenblende runter, blickte in den Spiegel und fuhr sich mit der Hand durch die Haare.

Sönke verdrehte die Augen. »Die Frisur sitzt. Keine Sorge.«

Barsch hob entschuldigend die Hände. »Bei denen am Empfang arbeitet Tanja, die möchte ich bald mal um ein Date bitten. Da muss ich einen guten Eindruck machen.«

»Alter, konzentrier dich auf die wichtigen Dinge«, sagte Sönke, der jetzt doch ein wenig genervt war.

»Das ist wichtig«, protestierte Barsch und stieg aus.

Die Tür zum Treppenhaus stand offen. Die Redaktion

war im ersten Stock untergebracht. Sönke wollte nach oben laufen, als Barsch ihn stoppte.

»Halt«, sagte sein Kollege und hielt die Hand hoch.

»Was?«

»Psst«, machte Barsch und hielt sich den Finger auf die Lippen. »Ich werde heute wohl nicht in den Genuss von Tanjas bezauberndem Anblick kommen«, sagte er leise.

Sönke blickte ihn fragend an. »Und warum?«

Barsch zeigte mit dem Finger auf die Treppe nach unten. »Stimmen. Seine Stimme«, flüsterte er.

Vorsichtig gingen sie die Stufen nach unten in den Kellerflur. Bereits vom Treppenabsatz sahen sie Licht aus einem der Räume fallen. Sönke ging vor. So leise wie möglich öffnete er die Tür.

Der Mann stand mit dem Rücken zu ihm, doch der Kommissar erkannte ihn sofort. Er sprach ihn an.

»Hallo, Herr Klatt, können wir Sie kurz sprechen?«

Uwe Klatt drehte sich hektisch um.

»Ach, Sie sind es, Herr Petersen. Da haben Sie mir aber einen Schrecken eingejagt.« Er wirkte überrascht. Ihr Plan war aufgegangen.

»Tut mir leid«, sagte Sönke. Erst jetzt sah er Anne Johannsen, die an einem kleinen Tisch in der Ecke des Raumes saß. Vor ihr lag ein aufgeschlagener Zeitungsband.

»Hallo, Anne, na, worüber schnackt ihr gerade?«, fragte Sönke wie beiläufig und beobachtete aus dem Augenwinkel, wie Barsch sich geschickt in eine Position hinter Klatts Rücken manövrierte.

»Nichts Besonderes, Herr Klatt ist gerade erst gekommen«, sagte Anne ganz ruhig.

Klatt hatte die Lage langsam realisiert und stemmte die Hände in die Hüften.

»Wollen Sie zwei mir nicht erst mal sagen, wie Sie mich gefunden und warum Sie mich gesucht haben?«

»Sie hatten heute Dienstversammlung bei der DLRG und Ihre Kollegin Jessy Jensen hat sich daran erinnert, dass Sie anschließend zum Ostsee-Kurier wollten«, beantwortete Sönke den ersten Teil der Frage. Für den zweiten Teil fiel ihm spontan ein Bluff ein: »Wir müssen dringend noch einmal über das sprechen, was Sie beim Tauchen genau beobachtet haben, als Sie die Leiche bei der Boje gefunden haben. Da sind ein paar Fragen aufgetaucht.«

»Aha.« Der Einsatztaucher legte die Stirn in Falten. »Was denn für Fragen?«

»Das beschnacken wir in unserem Büro. Die Presse ist nicht gerade der beste Ort, um über Ermittlungsinterna zu plaudern«, schaltete sich Barsch ein. Sönkes Kollege zwinkerte Anne zu und grinste. »Verstehst du bestimmt.«

Die Reporterin zog die Augenbrauen hoch und sandte ihm einen Blick, der wohl so viel bedeuten sollte wie: *Du mich auch …*

Klatt hingegen schien das Argument zu überzeugen.

»Na, dann los«, sagte er fast fröhlich und winkte Anne mit halb erhobener Hand zu. »Ich komme später wieder.«

Oder auch nicht, dachte Sönke.

Kapitel 35

Sönke

Im Streifenwagen fuhren sie nicht in Richtung Brodtener Ufer, sondern direkt zur Polizeidirektion nach Lübeck. Barsch und Sönke brachten Klatt in einen schmucklosen Verhörraum im fünften Stock und ließen ihn unter dem Vorwand, für alle Kaffee zu holen, allein.

Sönke setzte tatsächlich eine Kanne des schwarzen Gebräus auf. Während das heiße Wasser sich seinen Weg durch die gemahlenen Bohnen und den Filter bahnte, stellte er sich mit Barsch vor die Rückseite des Spiegels zum Verhörraum, die sich in einem schlauchartigen Nebenzimmer befand. Wie im TV-Krimi konnten sie von hier aus Klatt beobachten, er sie jedoch nicht sehen.

Während der Autofahrt war ihr Verdächtiger ruhig geblieben, hatte sogar ein bisschen Small Talk gemacht. Offenbar ging er tatsächlich davon aus, als Zeuge vernommen zu werden. *Wahrscheinlich sieht Klatt sich durch seinen Einsatz als Taucher an den Tatorten sogar als Teil der Ermittler*, dachte Sönke.

Mit jeder weiteren Minute, die verging, begann Klatt jedoch auf seinem Stuhl hin und her zu rutschen. Schließlich stand er auf, ging zum Fenster, nur um dort auf der Stelle kehrtzumachen und sich wieder hinzusetzen.

»Er wird unruhig«, stellte Barsch fest.

»Jo. Und das wird noch zunehmen, wenn wir ihn gleich mit der Wahrheit konfrontieren«, erwiderte Sönke.

»Es könnte auch sein, dass er dann dichtmacht. Wollen wir nicht erst noch ein wenig als Zeuge mit ihm plaudern?«

Sönke schüttelte den Kopf.

»Zu riskant. Wenn bei einem möglichen Prozess später rauskommt, dass wir ihn schon verdächtigt haben, haut das Gericht uns das um die Ohren. Wenn er unter Tatverdacht steht, müssen wir es ihm sagen. Im schlimmsten Fall dürfen sonst alle Ergebnisse aus der Vernehmung nicht verwertet werden.«

Barsch klopfte Sönke auf die Schulter und grinste. »Ich schlage vor, du gehst zuerst rein und bist das Arschloch.«

Sönke schaute seinen Partner mit großen Augen an, doch der lächelte nur weiter und fuhr fort: »Wenn die harte Tour nicht hilft, löse ich dich ab. Ich kenne Klatt ein wenig, das schafft Vertrauen.«

Sönke war nicht wohl bei dem Gedanken. Es fiel ihm nicht leicht, Menschen absichtlich zu provozieren. Aber Barsch hatte recht. Sein Partner kannte aus den vergangenen Jahren schon viele Leute im Ort. Das brachte Nachteile mit sich wie im Fall von Peter Rasmus, dem Barsch die Nachricht vom Tod seines Vaters hatte überbringen müssen. Es hatte aber auch Vorteile: Dafür durfte er bei der Vernehmung der Nette sein und die persönliche Note mit ins Spiel bringen. Das war nur fair. Außerdem war Sönke selbst schuld. Er war im Ort aufgewachsen. Wäre er nicht so ein Einzelgänger gewesen, wäre er derjenige, der hier jeden Hans und Franz kannte.

»In Ordnung«, sagte Sönke und marschierte los, um es hinter sich zu bringen.

Uwe Klatt beobachtete den Hauptkommissar aus zusammengekniffenen Augen, als dieser wortlos in den Raum kam und die zwei Becher Kaffee auf dem Tisch platzierte. Der Rettungstaucher war misstrauisch geworden.

»Hören Sie, Klatt, ich habe gerade neue Informationen bekommen.«

Sein Gegenüber griff betont gelassen nach dem Becher und schlürfte mit gespitzten Lippen einen Schluck des heißen Getränks. Dann hob er die Augenbrauen. »Und was soll das bedeuten?«

»Das bedeutet, dass sich die Vorzeichen unseres Gespräches geändert haben«, rückte Sönke mit der Sprache raus.

Er sah Klatt in die Augen. Ohne den Blick abzuwenden, drückte der Hauptkommissar die Taste des Aufnahmegerätes, das auf dem Tisch bereitstand.

»Herr Klatt, Sie werden heute als Beschuldigter vernommen. Wir verdächtigen Sie des Mordes an Knut Rasmus und Frieder Weidemann und des Mordversuchs an Hein Johannsen.«

Klatt wich in seinem Stuhl zurück, presste den Rücken gegen die Lehne und schüttelte vehement den Kopf. »Was? Habt ihr sie noch alle?«

»Bitte achten Sie auf Ihren Ton. Lassen Sie uns sachlich bleiben.«

»Ha!« Sarkastisch lachte Klatt auf. »Wie soll man

bitte sachlich bleiben, wenn man unschuldig des Mordes verdächtigt wird?« Er schlug sich vor den Kopf, als könnte er nicht fassen, was ihm gerade widerfuhr.

Sönke empfand die Empörung als theatralisch. Entweder war Klatt wirklich zutiefst entsetzt – oder die Aufregung war gespielt.

»Wollen wir zum Punkt kommen?«, fragte Sönke.

»Erst will ich wissen, ob ich verhaftet bin.«

»Nein. Sonst säßen Sie jetzt nicht ohne Handschellen hier. Ich habe Sie nur informiert, dass Sie unter Verdacht stehen, bevor ich Ihnen meine Fragen stelle.«

»Muss ich die beantworten?«

»Nein. Sie können gerne schweigen, wenn Sie unseren Verdacht bestätigen wollen. Vom Schweigerecht machen meist die Täter Gebrauch, die sich nicht selbst belasten wollen«, provozierte Sönke sein Gegenüber.

»Pfff.« Klatt stieß verärgert die Luft aus, sagte aber nichts.

»Wo waren Sie gestern zwischen 16 und 19 Uhr?«

Klatt ließ den Blick von einer Zimmerecke in die andere schweifen, als müsse er überlegen, ob er antwortete oder nicht.

»Angeln«, sagte er schließlich.

»Wo?«

»Brandungsangeln. Auf dem Priwall.«

»Allein?«

»Ja. Wie immer.«

»Es gibt also keine Zeugen?«

»Keine Ahnung, ob mich ein Spaziergänger erkannt hat. Starten Sie doch einen Aufruf in der Bevölkerung.« Der Sarkasmus in seiner Stimme war nicht zu überhören.

»Waren Sie auch mit dem Rettungsboot der DLRG draußen?«

»Nein.«

Sönke musste herausfinden, ob er das irgendwie überprüfen konnte. Vielleicht gab es Überwachungskameras an der Hafeneinfahrt? Davon hing seine Theorie ab. Die Größe des Bootes, die Johannsen auf seinem Radar gesehen hatte, passte genau zu der des Einsatzbootes. Natürlich gab es Dutzende Schiffe mit diesen Abmessungen im Hafen, aber nur eines gehörte zur DLRG und wurde von einem professionellen Taucher und Rettungsschwimmer wie Uwe Klatt gesteuert. Nach genau so einem Bootsführer suchte Sönke jedoch, denn seiner Meinung nach gab es nur eine Erklärung dafür, warum der Täter auf Johannsens Boot hatte gelangen können, ohne dass der Schiffsradar ihn bemerkt hatte: Er war in sicherer Entfernung vor Anker gegangen und zu Johannsens *Helga* getaucht. Dort hatte er sich im passenden Moment an Bord geschlichen und die Luke zur Kajüte von außen verrammelt. Anschließend war er in aller Ruhe zurück zu seinem Boot geschwommen, war herangefahren und hatte die Löcher in den Rumpf gebohrt. Die zeitlichen Abstände passten genau zu den ungefähren Schwimmzeiten im offenen Wasser.

Trotzdem waren das alles nur Indizien, die auf Klatt als möglichen Täter hindeuteten. Was Sönke komplett fehlte, war ein Motiv. Dafür gab es ein weiteres Indiz, das sich für den Hauptkommissar ins Puzzle einfügte: Warum hatte Klatt bei der Suche nach der Leiche von Frieder Weidemann sofort die richtige Markierungstonne gefunden und sich als Taucher angeboten? Es gab bestimmt hundert Möglichkeiten und Dutzende Bojen, an denen die Leiche hätte sein können, dennoch hatte er gleich einen Volltreffer gelandet. Das konnte Zufall sein. Ein ziemlich großer. Oder Klatt hatte unbedingt selbst der Erste am Tatort sein wollen, um die Kontrolle zu haben. Vielleicht hatte es ihm auch gefallen, den Ermittlern höchstpersönlich sein grausames Werk zu präsentieren.

»Als wir Frieder Weidemann gesucht haben, warum haben Sie da sofort auf diese rote Boje getippt?«

»Keine Ahnung, die kam mir so in den Sinn.«

»Ach, und warum?«

»Was weiß ich, wahrscheinlich weil ich da manchmal anlege, wenn ich auf dem Wasser Mittagspause mache. Von da hat man einen schönen Blick auf den Priwallstrand.«

»Ist schon ein merkwürdiger Zufall, finden Sie nicht?« Sönke fixierte Klatt und schwieg. Als dieser nicht antwortete, fuhr er fort: »Und warum sind Sie plötzlich im Archiv des Ostsee-Kuriers aufgetaucht?«

»Aus demselben Grund, aus dem Anne Johannsen da war. Ich wollte selbst recherchieren, schließlich kannte ich die Toten und habe mal aushilfsweise in dieser Kartenrunde mitgespielt. Ich habe das Skatblatt in der Hand von Frieder natürlich auch gesehen und mir meinen Teil gedacht.«

»Gut, dass Sie von sich aus sagen, dass Sie da mitgespielt haben. Denn jemand, der Teil dieser Skatrunde war, könnte unser Täter sein. Sind Sie unser Täter?«

In Klatts Gesicht zuckte es. Seine Augen verengten sich.

»Jetzt reicht es!«

Sönke hatte keine Chance zu reagieren, als der trainierte Rettungsschwimmer mit dem Oberkörper über den Tisch schoss und ihn mit beiden Händen am Hals packte.

»Du mieses Arschloch! Willst mir was anhängen …
ICH MACH DICH FERTIG!«

Sönke schmiss sich instinktiv zur Seite, doch Klatts dicke Pranken hatten so fest zugepackt, dass der Kommissar ihn mit seinem Gewicht über den Tisch zog. Sönkes Stuhl kippte um und beide krachten auf den Boden.

Dem Kommissar blieb die Luft weg; er musste handeln, bevor er schwächer wurde. Er legte seine Unterarme zusammen, zwängte sie zwischen die Arme seines Kontrahenten und drückte diese auseinander. Langsam lösten sich die Finger von seinem Hals. Sönke atmete gierig ein. Dann rammte er seine Stirn in das wutverzerrte Gesicht des Mannes über ihm. Blut schoss aus dessen Nase und tropfte auf Sönkes Stirn. Die Nase stand schief und war gebrochen, doch Klatt stand offenbar so unter Adrenalin, dass er das gar nicht bemerkte. Schnaufend richtete er sich auf, seine rechte Hand ballte sich zur Faust und holte zum Schlag aus. Schützend hielt Sönke die Arme vor sein Gesicht und wartete auf den Einschlag. Doch der kam nicht. Plötzlich flog Barsch wie eine menschliche Abrissbirne heran und riss Klatt von Sönke herunter. Die beiden Körper prallten krachend gegen die Wand.

Sönke verspürte das tiefe Bedürfnis, sich zurücksinken zu lassen und einen Moment auszuruhen, tief ein- und auszuatmen. Seine Lungen gierten immer noch

nach Sauerstoff. Aber er durfte sich keine Verschnauf-
pause gönnen. Sein Kollege hatte ihm geholfen, jetzt
brauchte Barsch ihn, denn Klatt bäumte sich schon wieder auf wie ein wild gewordener Keiler. Instinktiv
stemmte Sönke sich hoch, presste einen Fußballen wie
ein Sprinter im Startblock gegen die Wand hinter ihm
und stieß sich ab. Mit dem ausgebreiteten Arm flog er
gegen Klatts Hüfte und riss ihn von den Beinen. Ein
Tackling, das jeden Profi-Football-Spieler vor Neid hätte
erblassen lassen.

Nach einigem Ringen gelang es den beiden Kommissaren endlich, Klatt gemeinsam auf dem Boden zu fixie-
ren und ihn auf den Bauch zu drehen. Barsch tastete
nach den Handschellen, die er hinten am Gürtel bau-
meln hatte, bekam sie zu fassen und legte sie dem Verdächtigen an. Als die Metallstifte klackend einrasteten,
erstarb der Widerstand des Rettungstauchers.

Barsch und Sönke sanken schnaufend zu Boden.

Der Hauptkommissar sah Klatt an.

»Jetzt … jetzt sind Sie doch verhaftet«, stieß er hervor.

Kapitel 36

Sönke

Sönke saß im geöffneten Kofferraum des Corsa auf dem Parkplatz vor dem Präsidium und stöhnte leise. Nach seiner fulminanten Kopfnuss hatte er nicht nur ordentlich Kopfschmerzen, sondern auch eine Platzwunde an der Stirn. Damit Barsch sich um die Inhaftierung von Klatt kümmern konnte, hatte Sönke beschlossen selbst schnell zum Hausarzt zu fahren und die Wunde nähen zu lassen. Doch er war nicht weit gekommen. Die Verletzung blutete zu stark und er musste ständig mit einer Hand ein Handtuch auf seine Stirn pressen. An Autofahren war nicht zu denken. In seiner Not hatte er Jessy angerufen, die zum Glück gleich vorbeigekommen war.

»Du brauchst erst mal einen richtigen Verband«, sagte sie und begann im Kofferraum nach dem Erste-Hilfe-Kasten zu wühlen.

Fluchend suchte sie unter Abdeckungen und Sitzen.

»Wo ist das Mistding?«, fragte sie ärgerlich. Viel Mitleid empfand sie in diesem Moment offenbar nicht für ihn.

Sönke zuckte mit den Schultern. »Woher soll ich das denn wissen? Es ist das Auto meiner Tante und nicht meins.«

Jessy schüttelte voller Unverständnis den Kopf.

»Ich dachte, man müsse immer wissen, wo sich der

Verbandskasten in einem Auto befindet? Das predigt ihr Polizisten doch bei jeder Verkehrskontrolle. Und du bist Polizist, da müsstest du ja wohl Vorbild sein«, hielt sie ihm scharfzüngig vor.

»Na ja, in der Theorie hast du recht, aber …« Sönke gab es auf und verstummte. Er spürte, dass es keinen Sinn hatte, mit ihr zu diskutieren; irgendetwas war Jessy sauer aufgestoßen.

»Na bitte!« Sie stieß ein leises Triumphgeheul aus und zog den Verbandkasten unter dem Reserverad hervor. Anschließend schüttete sie alles im Kofferraum aus und kramte darin herum. Nachdem sie fündig geworden war, presste sie eine Wundauflage auf die Verletzung und wickelte Sönke die Gaze wie einen Turban um den Kopf.

Dabei ging sie nicht zimperlich vor.

»Aua!«, stieß Sönke hervor. Langsam reichte es ihm.

»Was ist eigentlich los? Habe ich dir was getan?«

»Ja, allerdings!«

»Und was?«

»Du hast mich ausgenutzt, um meinen Kollegen zu verhaften. Als du mich gefragt hast, ob ich wisse, wo er sei, hast du mir nicht gesagt, warum du Uwe suchst.«

»Na, hör mal, das darf ich gar nicht. Außerdem wollten wir ihn verhören und nicht verhaften. Verhaftet ist er, weil er mich angegriffen hat.«

»Ja, weil du ihm diese abscheulichen Taten vorwirfst.«

»Ich werfe ihm erst mal gar nichts vor, ich versuche herauszukriegen, ob er der Täter ist. Es gibt schließlich Indizien, die darauf hindeuten.«

»So ein Quatsch. Ich arbeite seit Jahren mit Uwe zusammen, er würde so etwas niemals tun.«

Sönke konnte ein sarkastisches Lachen nicht unterdrücken. »Ach, was glaubst du, wie viele vermeintlich liebevolle Familienväter wir schon verhaftet haben, weil sie ein zweites Leben als brutale Bankräuber oder miese Vergewaltiger geführt haben? Und jedes Mal sind Frau, Kinder und Eltern aus allen Wolken gefallen.«

»Meinetwegen, aber bei Uwe liegt ihr falsch. Warum sollte er diese Menschen umbringen?«

»Das weiß ich auch nicht.«

»Warum wirfst du es ihm dann vor?«

»Das habe ich doch schon gesagt, weil es Indizien gibt, die auf ihn als möglichen Täter hindeuten. Wir drehen uns im Kreis. Manchmal muss man die Menschen eben im Verhör provozieren, um sie aus der Reserve zu locken.«

»Na, das mit dem Provozieren ist dir ja gelungen!«

Jessy befestigte den Verband mit einem Stück Leukoplast.

»So, fertig«, sagte sie und stopfte mit hektischen Bewegungen alle Utensilien wieder in den Erste-Hilfe-Kasten. Sie war wohl immer noch wütend.

Das verunsicherte Sönke. Was sollte er tun? Er durfte sich nicht von Jessy in seiner Arbeit beeinflussen lassen. Berufliches und Privates musste er strikt trennen. Das hatte er immer so gehalten. Doch er wollte auch keinen Streit mit ihr riskieren.

Vorsichtig berührte er ihren Arm. »Hey, warte mal.«

Sie hielt inne und blickte ihn an. Immer noch loderte das Feuer in ihren Augen. Er machte einen verzweifelten »Löschversuch«.

»Ich verspreche dir, dass ich den Fall bis zum Ende

aufklären werde und sobald wir etwas finden, das Klatt entlastet, kommt er frei.«

Jessy setzte sich neben ihn und verschränkte die Arme vor der Brust. »Das reicht mir noch nicht. Ich komme mir wie eine Verräterin vor.«

»Also gut, wenn er wirklich unschuldig ist und ich ihn zu Unrecht als Mörder hingestellt und provoziert habe, ziehe ich meine Anzeige wegen Körperverletzung und Beamtenbeleidigung zurück.« Er schubste sie leicht mit der Schulter an. »Einverstanden?«

Jessy überlegte kurz, dann lehnte sie sich gegen ihn.

»Einverstanden«, sagte sie.

Sönke legte den Arm um sie. »Holen wir das gemeinsame Mittagessen nach?«

Sie blickte ihn an. Die Kampfeslust in ihren Augen war einer liebevollen Wärme gewichen.

»In Ordnung. Aber kein Mittagessen und nicht im Restaurant. Dieses Mal lade ich dich ein. Ich habe da eine ganz besondere Idee.«

Sönke wurde neugierig. »Und welche?«

Sie tippte ihm mit dem Zeigefinger auf die Nase. »Das verrate ich dir nicht. Wird eine Überraschung.«

Kapitel 37

Hans Trudsen

Kapitän Hans Trudsen warf das Tau über den hölzernen Poller des Steges und zurrte die *Möwe IV* fest. Rasselnd ließ er die Kette vor dem Ausgang des kleinen Motorschiffes hinunter und gab den Passagieren, die sich bereits im vorderen Teil des Bootes drängten, ein Zeichen, dass sie das Schiff verlassen konnten. Sofort setzte sich die Masse in Bewegung und nach nicht mal einer Minute war Trudsen allein auf der kleinen Personenfähre, die an der Travemündung zwischen Travemünde und dem Priwall verkehrte.

Früher war Trudsen hinaus auf die Ostsee gefahren, doch seit drei Jahren beließ er es bei der rund 200 Meter langen Fährstrecke. Den ganzen Tag fuhr der Kapitän zwischen dem Liegeplatz der *Passat* auf der Priwallseite und dem Lotsenturm auf der Festlandseite hin und her und hin und her. Bestimmt dreißigmal pro Schicht.

Raus aufs Meer wollte er nicht. Er traute der Ostsee nicht mehr. Sie machte ihm Angst.

Trudsen blickte auf die Uhr und nickte zufrieden. *Das war die letzte Überfahrt für heute*, dachte er. *Zeit für den Feierabend.*

Er ging zurück in den überdachten Steuerstand und schmiss den Motor an. Dröhnend setzte sich die in die Jahre gekommene Maschine in Gang, es roch nach

Diesel und schwarze Abgaswolken mischten sich mit der Dämmerung. Kurz bevor der Motor gestartet war, glaubte Trudsen ein Geräusch wahrgenommen zu haben.

War einer der Fahrgäste noch an Bord?

Er drehte den Kopf über die Schulter und warf einen Blick über das Deck. Doch es war niemand zu sehen. Wahrscheinlich war das Geräusch von der Promenade gekommen, auf der immer noch einige Spaziergänger unterwegs waren. Trudsen richtete den Blick wieder nach vorn und seine Gedanken kreisten um den Abend. Er würde sich ein Steak in die Pfanne hauen, eine Rum-Cola mixen, sich auf die Couch lümmeln und irgendeinen Actionfilm streamen. Vielleicht mal wieder einen alten Klassiker wie *Rambo* oder *Terminator*. Oder beide hintereinander. Die hatte er seit Jahrzehnten nicht mehr gesehen. Ein Lächeln legte sich auf sein Gesicht, er freute sich darauf.

Trudsen drehte das Steuerrad auf Anschlag und wendete die *Möwe IV*. Anstatt hinaus auf die Ostsee ging es die Trave hoch ins Landesinnere. Er passierte die Yachten und Ausflugsschiffe und genoss den Blick auf die beleuchteten Altstadthäuser am Hafenrand. Schließlich erreichte er das andere Ende der Vorderreihe. Vom Fährplatz machte sich gerade die große Autofähre auf den Weg in Richtung Priwall. Trudsen hob grüßend die Hand. Sandra, die junge Kollegin in der neongelben Warnjacke, sah ihn und winkte von der großen Fähre zurück.

Mit seiner jahrzehntelangen Erfahrung drosselte der Kapitän im richtigen Moment das Tempo, schlug das

Ruder ein und drehte die kleine Fähre mit dem Heck zum Hafenrand. Dann fädelte er das Boot langsam zwischen zwei Stegen ein. Der Anlegeplatz lag versteckt zwischen dem Fährhaus und einer der alten Autofähren, die nur noch in Notfällen in Betrieb genommen wurden. Deswegen war es eine dunkle Ecke im Hafen, hell war nur die Möwenscheiße, die in Massen auf dem kleinen Holzsteg lag. Da musste dringend mal wieder geschrubbt werden. Aber nicht von ihm. Das war sicher.

Trudsen musste nicht korrigieren; das Boot lag gleich beim ersten Anlegeversuch perfekt in paralleler Linie zum Steg. Der Kapitän schaltete den Motor aus und zurrte anschließend das Tau am Bug an einem eisernen Ring am Steg fest, bevor er sich auf den Weg zum Heck machte.

Er blinzelte heftig, weil er seinen Augen nicht traute. Was sollte denn der Mist? Der Rettungsring war samt Leine in das Hafenbecken gefallen und trieb auf der Backbordseite neben der Fähre im trüben Wasser.

Wie war der denn da reingekommen? Trudsen hatte nun wirklich nicht ruckartig angelegt und das Ding hatte zehn Jahre lang an seinem Platz gehangen, ohne je aus der Halterung zu rutschen. Und hätte es nicht außerdem eher auf das Deck fallen müssen?

Trudsen kamen viele Fragen in den Sinn, doch er scherte sich nicht um sie. Als ihm keine passenden Antworten einfielen, verdrängte er sie einfach. Es war doch scheißegal, wie das Ding ins Wasser gefallen war. Hauptsache, er käme jetzt zügig auf seine Couch. Dafür musste er den Ring aus dem Wasser fischen.

Trudsen griff nach dem langen Haken, der an der Innenseite der Bordwand befestigt war, kletterte mit einem Bein über die Reling und beugte sich weit vor.

»Na, komm schon.«

Er versuchte die Leine des Rettungsringes mit dem Haken zu erwischen, doch das war schwerer als gedacht. Es war wie früher als Kind beim Entenangeln auf dem Rummel. Eine elende Fummelei. Trudsen wurde ganz nervös. Er biss sich auf die Lippen, all seine Konzentration lag darauf, diesen blöden Rettungsring zu fassen zu kriegen.

Da! Endlich hatte er ihn. Die Anspannung ging zurück, sein Tunnelblick löste sich vom Hafenwasser und so sah er noch für eine Sekunde, wie sich hinter einer Ausrüstungstruhe eine schwarze Gestalt erhob und auf ihn zustürmte. Trudsen stand schräg mit dem Körper zu dem Angreifer, ein Bein über der Reling. Er hatte keine Chance.

Ehe er begriff, was geschah, traf ihn ein dumpfer Schlag am Kopf. Der Kapitän spürte, wie ihm schummrig wurde und er vornüberkippte. Eine Millisekunde dachte er daran, dass da unten ja der Rettungsring wartete. Bevor er wegtrat, wurde ihm jedoch bewusst, dass ein Ohnmächtiger mit einem Rettungsring nicht viel anfangen konnte.

Es sah nicht gut für ihn aus. Merkwürdigerweise galt sein letzter Gedanke im Leben Rambo. Dem wäre das nicht passiert …

Kapitel 38

Sönke

»Das kann doch alles nicht wahr sein!«

Wütend knallte Sönke den Hörer seines Bürotelefons auf die Gabel. Fünfmal hintereinander in schnellem Tempo.

Barsch, der ihm gegenübersaß, zog die Augenbrauen hoch. »Was ist?«

»Na, was wohl? Was hier fast jeden Tag ist. Eine Scheißwasserleiche!«, fauchte Sönke und eine tiefe Zornesfalte durchfurchte seine Stirn. Sein Wutausbruch galt nicht seinem Kollegen, sondern der Tatsache, dass eine Zeitungsausträgerin am frühen Morgen einen Toten entdeckt hatte, der auf die steinerne Mole am Hafen geschwemmt worden war.

»Na, na, könnte auch ein Unfall gewesen sein«, sagte Barsch in beruhigendem Tonfall.

Nun ärgerte Sönke sich doch über seinen Partner.

»Das haben die Kollegen vom Kriminaldauerdienst auch gesagt. Die Leiche passt nicht ins Schema, sie hat eine äußerliche Verletzung am Kopf und sie war ganz offensichtlich nicht irgendwo am Meeresboden festgebunden. Deshalb sind sie auch nicht auf die Idee gekommen, uns zu wecken, sondern haben selbst die Untersuchung des Leichenfundorts unternommen. Und jetzt kommst du auch schon wieder mit deiner Unfalltheorie.«

Sönke legte eine künstlerische Pause bei seinem Vortrag ein, dann fuhr er fort: »Sag mal ehrlich, wann hast du vor dem Tod von Knut Rasmus zum letzten Mal eine Leiche in Travemünde gehabt?« Als Barsch nicht gleich antwortete, schob Sönke ein norddeutsch-breites, aufforderndes »Hä« hinterher.

Sein Partner kratzte sich am Kopf. »Puh, ist bestimmt zwei Jahre her.«

»Siehst du!« Sönke schlug mit der Faust auf den Tisch. »Und dann willst du mir sagen, dass, wenn nach zwei Morden und einem Mordversuch innerhalb von fünf Tagen eine dritte Leiche im Meer rumdümpelt …« In der Aufregung verhaspelte er sich mit dem Satzbau. »… also, dass die, dass das dann ein, äh, ein Unfall ist? Das ist doch …« Er sagte nichts weiter, machte aber mit der Hand den Scheibenwischer vor der Stirn.

Jetzt wurde auch Barsch stinkig und ging zum Gegenangriff über.

»Nein, ich wende nur eine alte Polizeiweisheit an, die besagt, dass man bei den Ermittlungen alles erst mal infrage stellt. Und nichts einfach glaubt, nur weil es gut ins Konzept passt«, provozierte er.

Sönke wusste, dass sein Partner vollkommen recht hatte. Nur sicher ermittelte Fakten zählten. Keine Gedankenspiele. Wenn er ehrlich zu sich selbst war, musste er sich zudem eingestehen, dass er Klatt viel zu früh mit seinem Verdacht konfrontiert hatte. Sie hätten Beweise oder zumindest deutlich mehr Indizien sammeln müssen.

Er war aber gerade nicht in der Stimmung, um nachzugeben. Absolut nicht. Es machte ihn wütend, dass ihnen der Killer ganz offensichtlich auf der Nase rumtanzte.

»Aber es passt doch gar nicht ins Konzept«, hielt er Barsch entgegen. »Hast du nicht zugehört? Der Tote hat äußere Verletzungen und war nicht auf dem Meeresboden befestigt. Und trotzdem glaube ich nicht an Zufall.«

Sie lösten den Blick voneinander. Barsch schaute zur Tür, Sönke aus dem Fenster. Durchschnaufen. Runterkommen.

Sein Partner ergriff als Erster wieder das Wort.

»Du hast mir noch gar nicht gesagt, wer der Tote überhaupt ist«, sagte er nun viel ruhiger.

Sönke nahm das Friedensangebot dankend an, schließlich hatte er auch angefangen. »Der Mann heißt Hans Trudsen, Kapitän der Personenfähre, die zum Priwall fährt«, erklärte er in versöhnlichem Tonfall.

»Kenn ich«, sagte Barsch.

»Und?«

»Passt wirklich nicht zu den anderen Opfern.« Sein Partner klang nachdenklich.

»Inwiefern?«

»Trudsen gehörte nicht zu der Kartenrunde. Der ist, glaube ich, auch nie in der Möwenschenke aufgetaucht. Der hatte so ein Faible für Schickimicki-Bars, obwohl er da gar nicht hinpasste und die Leute ihn immer anstarrten. Wahrscheinlich wollte er sich irgendwie als Teil der Reichen und Schönen fühlen.«

Sönke zog die Augenbrauen zusammen. »Und das weißt du woher?«

»Ich bin da oft, denn ich passe dahin. Sehr gut sogar«, sagte Barsch grinsend.

Sönke schüttelte den Kopf. »Kann ich mir vorstellen.«

Einen Moment war die Stimmung gelöst, dann kehrte Barsch zum Fall zurück. »Wie geht es weiter?«

Sönke stieß einen tiefen Seufzer aus. »Wie immer. Wir schauen uns den Leichenfundort an, den die Kollegen in weiser Voraussicht abgesperrt haben. Der Tote selbst wurde schon der Rechtsmedizin überstellt. Dann sprechen wir mit der Spurensicherung, die wahrscheinlich nichts für uns haben wird, reden mit der Familie …«

»Das Letzte können wir uns sparen, er ist geschieden und seit Ewigkeiten alleinstehend«, warf Barsch ein.

»Dann reden wir eben gleich mit seinen Freunden und Kollegen. Aber vor allem warten wir auf das Ergebnis der Obduktion in der Rechtsmedizin. Ich hoffe, dann werden wir wissen, ob wir es mit einem Unfall zu tun haben oder nicht.«

»Wenn er ermordet wurde, müssen wir Klatt freilassen«, sagte Barsch.

»Moment«, protestierte Sönke. »Der sitzt offiziell wegen des Angriffs auf mich und nicht wegen dringenden Mordverdachts.«

Barsch warf ihm einen vielsagenden Blick zu. »Komm schon. Mach nichts Persönliches daraus. Wenn er nicht unser Mann ist, müssen wir ihn gehen lassen.«

Die Worte seines Partners erinnerten Sönke an sein Versprechen an Jessy. Er gab nach.

»Ist ja gut. Meinetwegen, dann lassen wir ihn raus.«

Kapitel 39

Anne

Irgendwann war Anne der Keller doch zu viel geworden. Am nächsten Morgen hatte die Polizeireporterin kurz nach Dienstbeginn vier der dicken Zeitungsbände in ihr Auto geschleppt. Wobei, eigentlich waren es zwei, wofür sie auch zweimal hatte gehen müssen. Die anderen hatte sie Lasse in die Hand gedrückt und der Praktikant hatte sie ihr zum Wagen getragen.

Zur Belohnung hatte sie ihn mitgenommen. Der Junge war nicht blöd und konnte ihr beim Suchen helfen. Das war allemal besser, als wenn er in der Redaktion den ganzen Tag seine Fähigkeiten an der Kaffeemaschine unter Beweis stellte. Für etwas anderes setzten ihn die Kollegen nämlich nicht ein. Angeblich waren sie alle zu beschäftigt, um sich um den Prakti zu kümmern.

Na ja, Anne konnte ihn gut gebrauchen. Vier Augen sahen in diesem Fall nicht mehr, sondern schneller als zwei. Sie musste einfach nur Vertrauen haben, dass er nichts übersah.

In ihrer kleinen Einzimmerwohnung in einem schmucklosen Mehrfamilienblock am Ortsrand war nicht viel Platz. Sofa- und Esstisch waren eher Tischchen und viel zu klein für die riesigen Wälzer. Kurzerhand schob Anne die Tische zur Seite und breitete die Zeitungsbände auf dem Teppich aus. Der war schön kuschelig und langfransig, sodass man darauf bequem sitzen konnte.

Aber er war auch weiß. »Schuhe aus!«, hatte sie Lasse daher schon im Flur befohlen.

Während der Zeitungspraktikant sich sockfuß im Schneidersitz auf dem Boden niederließ, ging Anne in die Mini-Küche und kochte einen Kaffee für sich und einen heißen Kakao für Lasse. Wieder in der Wohnstube reichte sie Lasse den dampfenden Becher.

Der junge Mann blickte sie tadelnd an. »Anne, ich bin fast siebzehn. Ich darf und mag auch Kaffee.«

Anne sah ihn grinsend an und tippte ihm freundlich auf die Stirn. »Siehst aber nicht so aus, Kleiner.«

Dann nahm sie ihm seinen Becher aus der Hand und reichte ihm ihren Milchkaffee.

»Wir tauschen, mir soll es recht sein. Ich bin doppelt so alt wie du, aber ich lieeeebe heiße Schokolade noch immer.«

Jetzt mussten beide lachen. Sie tranken einige Schlucke, redeten ein wenig über den Journalistenberuf und vertieften sich schließlich in die alten Zeitungen. Stunde um Stunde verging, doch Lasse wurde nicht müde weiterzusuchen. Anne hatte ihm die Namen der Verstorbenen auf einen Zettel geschrieben und Fotos der Männer besorgt.

Der Chefredakteur hatte darauf bestanden, seiner Leserschaft die Opfer des Mörders zu zeigen. Zwar hatte er ihnen online und in der Zeitung einen Balken vor das Gesicht gemacht, doch das war nur ein billiges Alibi. Im Ort erkannten natürlich trotzdem jede Menge Leute die

Toten und damit sprachen sich die Namen in Windeseile rum.

Lasse hatte offensichtlich das Fieber gepackt. Akribisch durchforstete er Seite um Seite, glitt mit dem Finger über die Zeilen und ließ sich durch nichts ablenken. Sein zweiter Becher Kaffee wurde kalt, ohne dass er einen Schluck davon getrunken hatte.

Der Nachmittag ging bereits in den Abend über, da blieb sein Finger plötzlich auf einer Titelseite hängen. Lasse stutzte, blickte mit zusammengekniffenen Augen auf den Artikel vor sich und sagte dann: »Ich glaub, ich hab was!«

Er drehte den Zeitungsband zu Anne, sodass sie die Seite sehen konnte. Die Reporterin erkannte auf den ersten Blick, worum es ging. Doch die Rolle, die die vier Männer auf dem Zeitungsfoto in dem dort beschriebenen Kontext spielten, war ihr bislang unbekannt gewesen. Sie überflog den Artikel des Kollegen, las ihn dann erneut Wort für Wort. Dabei flüsterte sie Lasse zu, ohne ihn anzusehen: »Du bist jetzt ein echter Investigativreporter, mein Junge. Ich denke, du hast die Verbindung unserer Opfer gefunden.«

Für einen Moment schloss sie die Augen und dachte nach. Es gab nur ein Problem. Die Gemeinsamkeit der Männer lieferte alles andere als ein Mordmotiv.

Eher das Gegenteil.

Kapitel 40

Sönke

Müde zog Sönke sich seine dicke Winterjacke an und verließ das Haus des Leuchtfeuerwärters. Tante Alva drückte ihm in der Tür noch eine selbst gestrickte Mütze in die Hand.

»Sett di mal auf, sonst kriegste kalde Ohren.«

Sönke hatte Sorgen um seine Frisur; immer, wenn er eine Mütze aufgehabt hatte, standen ihm danach die Haare zu Berge wie die Stacheln bei einem Stachelschwein. Er hatte aber keine Kraft zu diskutieren und gab nach. Dabei fühlte er sich, als wäre er wieder zehn Jahre alt.

Nach der heißen Dusche eine Stunde zuvor wäre er fast eingeschlafen. Doch die Aussicht auf den gemeinsamen Abend mit Jessy hatte seine letzten Kräfte mobilisiert.

Dabei war der Tag wirklich der Horror gewesen. Barsch und Sönke hatten alles abgeklappert. Sie waren am Hafen gewesen und hatten sich den Fundort der Leiche angeschaut. Danach hatten sie Kollegen und Freunde des Verstorbenen verhört. Alles ohne Ergebnis; niemandem war etwas aufgefallen, niemand hatte etwas gesehen. Kapitän Hans Trudsen hatte sich nach seiner letzten Dienstfahrt ordnungsgemäß über Funk abgemeldet und danach allein die Personenfähre zu ihrem Liegeplatz gesteuert. Dort lag sie gut vertäut und sicher. Merkwürdig war nur, dass ein Rettungsring fehlte. Bisher war er noch nicht aufgetaucht. Wenn er über Bord gegangen und irgendwo angespült worden war, konnte es gut sein, dass Touristen ihn als Andenken mitgenommen hatten, anstatt die Polizei zu rufen, weil vielleicht jemand in Seenot war.

Es gibt zu viele solcher rücksichtslosen Idioten, ärgerte Sönke sich. Barsch und er würden einen Aufruf im Ostsee-Kurier platzieren, um herauszufinden, ob jemand den Rettungsring gefunden hatte.

Der Anruf aus der Pathologie am späten Nachmittag hatte ihm den Rest gegeben. Rechtsmediziner Gregor von Amstetten ging davon aus, dass Trudsen mit einer Eisenstange oder etwas Vergleichbarem von hinten niedergeschlagen worden und dann ohnmächtig im Hafenwasser ertrunken war.

Damit hatten sie ein neues Opfer – und noch mehr neue Fragen. Warum hatte der Mörder dieses Mal Gewalt angewendet? Warum hatte er sein Opfer nicht auf dem Meeresgrund drapiert? Und was um Himmels willen hatte Trudsen mit den anderen zu tun? Zu der Kartenrunde hatte er sicher keinen Kontakt gehabt. Seine Kollegen vom Fährdienst hatten sich erinnert, dass sie Trudsen mal zu einem Skatabend hatten einladen wollen, er jedoch abgelehnt hatte, weil er gar nicht wusste, wie Skat gespielt wurde.

»Scheiße!«, fluchte Sönke laut, während er die Kurstrandpromenade am Brügmanngarten entlangging. »Scheiße, scheiße, scheiße!«

Nur wenige Spaziergänger waren an diesem Herbstabend unterwegs, aber die hatten ganz genau verstanden, was er gesagt hatte, und drehten sich nach ihm um. Sönke erntete einige skeptische Blicke, die ihn jedoch nicht kümmerten.

Ich werde diesen Klatt freilassen müssen, dachte er. Andererseits könnte es natürlich auch zwei Täter geben. Diese Option hatten sie noch gar nicht in Erwägung gezogen. Vorerst würde er ihn trotzdem rauslassen müssen. Er hatte keine wirklich starken Indizien gegen den Rettungstaucher in der Hand. Doch just als er bei dem diensthabenden Beamten im Gewahrsam anrufen wollte, um das zu veranlassen, klingelte sein Handy. Es war Barsch.

Sönke ging ran und versuchte ihm gleich den Wind aus den Segeln zu nehmen. Bestimmt ging es um Klatt.

»Ist gut, ich weiß, was du sagen willst. Gerade wollte ich in der Direktion anrufen und denen mitteilen, dass Klatt gehen darf.«

»Das würde ich nicht machen«, sagte Barsch.

Sönke zuckte unwillkürlich mit dem Kopf zurück. »Hä? Jetzt verstehe ich gar nichts mehr.«

»Aber gleich. Ich habe die Kameraaufnahmen aus dem Hafen. Kurz nach Johannsens *Helga* läuft Klatts Boot aus.«

Sönke verstummte. Fast eine halbe Minute verging, bevor er wieder Worte fand. Doch ihm fiel nicht mehr ein als: »Aber er kann Trudsen nicht ermordet haben, da saß er bei uns in Gewahrsam. Wie passt das alles zusammen?«

»Keine Ahnung«, sagte Barsch.

»Ich muss nachdenken. Lass uns später telefonieren«, erwiderte Sönke und legte auf.

Kapitel 41

Jessy

Jessy zog den Bollerwagen auf den alten Badesteg am Strand. Dieser Steg war nicht mehr in Betrieb und mit einem Gittertor verschlossen, damit keine Kinder darauf herumturnten. Doch als Rettungsschwimmerin hatte sie einen Schlüssel. Das kleine Wägelchen war bis zum Rand beladen und rumpelte über die Bohlen.

Es sollte ein ganz besonderes romantisches Abendessen werden, mit dem Jessy Sönke überraschen wollte. Er hatte sie als Erstes eingeladen, jetzt wollte sie sich revanchieren.

Für einen Herbstabend war es ungewöhnlich warm, der Sturm hatte sich verzogen und trocken war es auch. Die Ostsee lag glatt und so ruhig da, als wäre sie eine Eisfläche. Die perfekte Chance, die musste sie ergreifen.

Jessy stellte den Campingtisch und die zwei Klappstühle auf. Außerdem hatte sie eine kleine Feuerschale und einige Scheite Holz dabei, damit ihnen nicht kalt wurde. Natürlich könnten sie im Oktober nicht bis in die Nacht hier sitzen, aber für ein bis zwei Stunden würde es mit dem Feuerchen reichen.

Sie lächelte. Danach würden sie ohnehin zu ihm nach Hause gehen.

Für das Abendessen hatte sie Kleinigkeiten im Feinkostladen besorgt: Antipasti, Garnelen in Aioli, spanischen Ziegenkäse – und sie hatte Stockbrotteig gemacht, den sie über dem Feuer rösten wollte.

Jessy warf ein rotes Tuch auf den Tisch und beschwerte es mit einem Windlicht. Dann baute sie die Holzscheite zu einem Turm und entzündete sie mit einigen Grillanzündern.

Während sie auf den Kommissar wartete, dachte sie nach. Sie musste noch einmal mit ihm über Uwe reden. Sönke musste ihr einfach glauben und ihn freilassen.

Am Strand näherte sich eine große Person. Die Dämmerung legte einen Grauschleier über den Mann, aber an der Bewegung und der Gestalt erkannte sie Sönke sofort.

»Hallo!«, rief sie ihm von Weitem zu und winkte. Sie freute sich, dass er hier war. In diesen Zeiten konnte sie etwas Ablenkung gebrauchen.

Sönke betrat den Steg mit müden, schleppenden Schritten, aber sie entdeckte zugleich den Glanz in seinen Augen, als er sah, was Jessy für sie beide vorbereitet hatte. Er nahm sie in den Arm und küsste sie auf den Mund.

»Da schäme ich mich für meinen Gemüseauflauf in der Küche meiner Tante«, sagte er und blickte sich erstaunt um. »Sieht toll aus!«

»Ach was, du hast wenigstens richtig gekocht. Ich habe nur ein kleines Büfett zusammengestellt.«

»Aber das Ambiente ist atemberaubend.« Er setzte sich auf einen der Stühle.

Im Wasser unter ihnen plätscherte es.

»Fische. Sie suchen an den Pfeilern nach Nahrung«, erklärte Jessy.

»Apropos … darf ich? Ich habe einen Mordshunger«, fragte er und warf dem vorbereiteten Essen einen sehnsüchtigen Blick zu.

»Na klar. Wollen wir uns erst noch ein Stockbrot dazu backen?«

»Oh ja.« Sönke strahlte. »Das habe ich seit meiner Kindheit nicht mehr gemacht.«

»Dann wird es höchste Zeit.«

Sie wickelten den Teig um die Spitzen der zwei Äste, die Jessy mitgebracht hatte. Anschließend drehten sie sich auf ihren Stühlen der Feuerschale zu und hielten den Teig darüber. Einen Moment lang war nur das Knistern der Flammen zu hören.

»Wie geht es dir?«, fragte Jessy Sönke dann.

»Ehrlich? Ich weiß nicht mehr weiter. Es passt alles hinten und vorne nicht zusammen.« Seine Stimme klang matt und erschöpft. Er berichtete ihr von dem dritten Toten aus dem Hafen und wirkte ratlos.

Kurz überlegte Jessy, wie sie ihre Forderung formulieren sollte, dann redete sie einfach drauflos. »Ihr müsst Uwe jetzt rauslassen. Er kann nichts mit dem Tod dieses Fährkapitäns zu tun haben.«

»Ja, du hast wahrscheinlich recht. Aber es gibt auch neue Indizien, die gegen ihn sprechen. Ich kann und darf dir das leider nicht alles erzählen. Jedenfalls gehe ich bei Klatt kein Risiko ein. 24 Stunden kann ich ihn noch festhalten und das werde ich auch tun.«

»Das wird sich bestimmt alles aufklären. Versprich mir, dass du Uwe dann gleich freilässt. Ich bin mir sicher, dass er unschuldig ist«, sagte sie mit Nachdruck in der Stimme.

Sönke blickte ihr in die Augen. »Na klar, ich lasse deinen Kollegen frei, wenn wir keine Beweise finden«, versprach er.

Die Luft roch plötzlich nicht mehr nach Salzwasser, sondern verbrannt.

»Oh!«, rief Jessy. »Schnell, das Brot!«

Instinktiv rissen beide ihre Stöcke in die Luft.

»Na ja, ziemlich knusprig. Wollen wir ein neues machen?«, fragte sie mit Blick auf die teilweise sehr dunkelbraune Kruste.

»Ach, das geht noch. Die kleinen schwarzen Stellen kratzen wir einfach ab. Und ich verhungere wirklich. Lass uns essen«, bat er.

Ihre Teller waren gerade gefüllt, als sein Mobiltelefon klingelte. Sönke verdrehte genervt die Augen.

»Was ist denn nun schon wieder?«, fragte er mehr zu sich selbst als zu ihr, bevor er sich das Gerät ans Ohr hielt.

»Ja?«

Jessy konnte hören, dass jemand am anderen Ende der Leitung aufgeregt sprach. Sie verstand jedoch nicht, was gesagt wurde. Und auch was der Hauptkommissar sagte, hörte sie nicht. Er war aufgestanden und tigerte auf dem Steg auf und ab. Im Verlauf des Gespräches redete er immer weniger, sondern hörte aufmerksam zu. Sein Gesicht verlor mehr und mehr an Farbe.

Als er in ihre Nähe kam, warf Jessy ihm einen besorgten Blick zu.

»Alles okay?«, flüsterte sie.

Doch Sönke hob nur abwehrend die Hand, als wolle er nicht gestört werden. Das Telefonat benötigte offenbar seine volle Aufmerksamkeit.

Mehrere Minuten vergingen und Sönke setzte sich schließlich mit dem Handy am Ohr an den Rand des Steges.

Jessy überlegte, ob sie zu ihm hinübergehen und eine Hand auf seine Schulter legen sollte. Sie beschloss zu warten. Weitere Minuten verstrichen, ohne dass Sönke sich rührte. Jessy beschlich ein mulmiges Gefühl, das mit jeder weiteren Sekunde heftiger wurde und sich bis in jede Pore ihres Körpers ausbreitete.

Vorsichtig bewegte sie sich auf ihn zu.

Er sagte nichts mehr, hielt sein Smartphone aber unverändert.

»Telefonierst du noch?«

Kurz war es still, dann antwortete er: »Nein, ich denke nach. Eine ganze Weile schon.«

Seine Stimme klang anders als vorhin. Aufgewühlt. Weinte er?

Jessy wurde schwindelig.

Sie legte jetzt doch eine Hand auf seine Schulter.

Er fuhr herum. Seine Augen waren mit Tränen gefüllt.

Kapitel 42

Sönke

Sönke legte sein Stockbrot zur Seite. Fluchend ging er ans Telefon. »Ja?«

»Hier ist Anne.«

»Oh. Hallo«, sagte er. »Du möchtest bestimmt Infos zu dem Leichenfund heute im Hafen …«

Anne unterbrach ihn: »Äh, nein, eigentlich habe ich einen Tipp für dich. Ich war heute nicht in der Redaktion und habe noch nichts von einem weiteren Toten mitbekommen. Komisch, normalerweise entgeht mir so etwas nicht.«

»Er wurde sehr früh gefunden und schnell weggebracht, noch bevor die Sonne richtig aufgegangen ist. Und wir haben bisher keine Infos dazu rausgegeben. Daran wird es liegen«, erklärte er.

»Eigentlich funktionieren meine Drähte.« Anne klang etwas verärgert.

Sönke schmunzelte. »Also ich finde es ganz gut, dass alle dichtgehalten haben«, sagte er.

Die Polizeireporterin hingegen wurde plötzlich todernst. »Ich weiß jetzt, was unsere Opfer verbindet.«

Sönke begann auf dem Steg auf und ab zu laufen und wurde ganz Ohr. »Aha. Was denn?«

»Sag mir erst, wen ihr heute Morgen gefunden habt. Ich möchte wissen, ob das zu meiner Theorie passt.«

»Anne, das darf ich nicht.«

»Sönke«, sagte sie scharf. »Du musst mir vertrauen, ich will den Namen nicht veröffentlichen. Aber ich muss ihn wissen.«

Sönke seufzte und musste plötzlich wieder an ihre gemeinsame Schulzeit denken. Er war ihr etwas schuldig.

»Hans Trudsen«, sagte er leise, als könnte ihn außer Jessy jemand hören.

Anne erwiderte nichts. Am anderen Ende der Leitung rumorte es, als würde sie in Papier blättern. Nach einer Weile hörte er einen Aufschrei.

»Da! Ich habe ihn. Das gibt es doch gar nicht.« Die Polizeireporterin klang fassungslos, ihre Stimme überschlug sich.

Sönke hielt es kaum noch aus. »Was? Was hast du?«

»Also, hör zu. Vor vier Jahren ist doch dieses Ausflugsschiff, die *Seeadler II*, auf der Ostsee gesunken.«

»Ja.« Er nickte.

»Rate mal, wer da an Bord war?« Bevor Sönke antworten konnte, gab ihm Anne selbst die Antwort: »Unsere Kartentruppe.«

»Aha«, sagte er.

»Alle vier. Sie wurden als Helden gefeiert, weil sie viele Kinder und andere Passagiere gerettet und in die Beiboote gebracht haben.«

»Und Trudsen?«

»Trudsen war der Kapitän des Unglücksschiffes. Dieser Tag hat alle fünf zusammengebracht.«

Sönke kratzte sich am Kopf. »Aber du sagst, sie waren die Retter?«

»Ja, das verstehe ich auch nicht. Es ist eine Gemeinsamkeit, die alle fünf vereint, doch wo ist das Mordmotiv?«, fragte Anne.

»Mmh.«

In Sönke ratterte es. Ohne dass er es bewusst gestartet hatte, begann sein Sherlock-Holmes-Gedächtnis Szenen aus den vergangenen Tagen zusammenzusetzen. Es waren viele winzige Bruchstücke, die sein Gehirn Stück für Stück an die richtige Stelle puzzelte.

»Danke, ich melde mich«, schaffte er gerade noch zu sagen. Dann beendete er den Anruf. Das Telefon hielt er weiter an sein Ohr, um nicht von Jessy gestört zu werden.

Und während er dasaß und auf das dunkle Meer hinausschaute, malten die Gedankenblitze aus Wörtern und Bildern ein düsteres Gemälde in seinem Kopf.

Plötzlich ergab alles einen Sinn. Es fühlte sich an, als hätte ein Meteorit in seiner Brust eingeschlagen. Die Schockwellen breiteten sich bis in die Spitzen seiner Finger und Zehen aus. Noch nie hatte er einen seelischen Schmerz so heftig körperlich gespürt. Sönke weinte.

Jessy legte eine Hand auf seine Schulter und setzte sich neben ihn. Durch den Tränenschleier sah er sie nur verschwommen.

»Warum?«, fragte er sie nach einer Weile.

Kapitel 43

Knut Rasmus

Vier Jahre zuvor.

»Achtzehn?«

»Jo.«

»Zwanzig?«

»Wech. Spiel du!«

Frieder schob Torsten Brandmeier den Skat über den Tisch. Doch der Kurdirektor schüttelte den Kopf und ließ die beiden Karten verdeckt liegen.

»Ich spiel 'nen Grand Hand!«

»Oha!«, rief Knut Rasmus. »Dann mal los! Das gibt 'nen Kontra!«

Die Männer lachten.

Neben dem Kioskbesitzer Frieder Weidemann, Gastwirt Knut Rasmus und Kurdirektor Torsten Brandmeier saß noch Fleischermeister Hein Johannsen mit an dem Vierertisch. Sie waren die Stammbesetzung der Skatrunde »Vier Buben«.

Johannsen hatte einen Fensterplatz. Da beim Skat immer nur drei Personen spielen konnten und einer aussetzen musste, hatte er ein paar Minuten Zeit, bis er wieder dran war. Während der ersten Stiche folgte der Fleischermeister dem Spiel, dann blickte er hinaus aufs Meer.

»Der Wind frischt auf, Leute. Die Ostsee wird kabbelig.«

Doch die Information kam zu spät. Johannsen hatte den Satz noch nicht zu Ende gesprochen, da traf der Bug der *Seeadler II* auf eine Welle. Das Ausflugsschiff ging wie in einer Kinder-Achterbahn einmal hoch und rutschte dann wieder hinab ins Wellental. Die Welle war nicht hoch gewesen, vielleicht eineinhalb Meter, doch die Bewegung brachte die Biergläser der Männer auf dem Tisch ins Rutschen. Reflexartig ließen sie ihre Karten fallen und hielten die Humpen fest.

Nur Kurdirektor Brandmeier griff daneben. Seine Fingerkuppen glitten noch über das Glas, doch dann kippte es um. Das Bier ergoss sich über den Tischrand und mitten in den Schritt von Brandmeiers Jeans.

Seine Skatfreunde konnten ihre Schadenfreude nicht unterdrücken. Ein brüllendes Lachen aus mehreren Kehlen ertönte. Knut Rasmus blickte auf Brandmeiers Hose und kicherte.

»Hast du dich eingenässt, Torsten?«

»Ha. Ha. Sehr witzig«, ätzte der und stand auf. »Ich gehe mal auf die Toilette, mich abtrocknen.«

Das Schiff schwankte durch den Seegang und so wankte auch Brandmeier wie ein Betrunkener, während er den Gang des Panoramasalons in Richtung WC hinunterging. Dabei hatte er erst zwei und ein halbes Bier getrunken, den Rest des dritten Glases hatte ja der Jeansstoff gierig aufgesogen.

Der Wellengang war für die *Seeadler II* kein Problem. Sie war vierzig Meter lang, neun Meter breit und hatte einen Tiefgang von 1,6 Metern. Die rund 200 Sitzplätze im Salon waren zu zwei Dritteln belegt. Das Schiff lag also gut im Wasser.

Die Fahrten waren beliebt. Auf dem Unterdeck bot der Dampfer einen gesicherten Indoorspielplatz für Kids, sodass die Eltern oben in Ruhe Kaffee trinken und Kuchen essen konnten, ohne sich Sorgen machen zu müssen, dass der Nachwuchs sich wegschlich und draußen an der Reling rumturnte.

»Was machen wir eigentlich, wenn wir in Wismar anlegen?«, fragte Knut Rasmus.

»Da haben wir zwei Stunden Landgang. Wir könnten was essen gehen. Im *Felsenkeller* machen sie einen hervorragenden Schweinebraten«, antwortete Johannsen.

Frieder schüttelte den Kopf.

»Ich bin dafür, dass wir an Bord bleiben und weiterzocken. Schließlich ist das hier heute unsere offizielle Skatrunde. Wenn wir bei Knut in der Kneipe spielen, gehen wir ja auch nicht zwischendurch ins Restaurant«, meinte er missmutig.

»Meinetwegen«, gab der Fleischermeister nach. »Die brutzeln hier 'ne richtig gute Currywurst an Bord. Das würde mir auch reichen.«

Johannsen blickte wieder aus dem Fenster. »Wenn wir überhaupt bis nach Wismar fahren. Vielleicht dreht der Kapitän auch bei«, sagte er und zeigte nach draußen. Tiefschwarze Wolken türmten sich am Horizont über der Ostsee auf.

»Oha!«, rief Knut Rasmus. »Die sind größer als das Maritim Hochhaus. Das wird ungemütlich. Ich frag mal den Kapitän.«

Kapitel 44

Knut Rasmus

Rasmus klopfte gegen die Holztür, die die Brücke mit dem Steuerstand vom Trubel abschirmte.

»Was?«, kam eine genervte Stimme von drinnen.

»Hans, ich bin's, Knut!«

Der Kneipenwirt kannte Hans Trudsen, den Schiffsführer der *Seeadler II*, schon lange vom Altherrenfußball beim Travemünder SV.

»Kumm rin!«

Knut Rasmus öffnete die Tür und trat auf die Brücke. Hans Trudsen war allein. Er stand am Steuerrad. Sein Gesicht war weiß und Schweiß stand auf seiner Stirn. Etwas stimmte nicht.

»Mach di Dör zu!«, zischte er.

Der Wirt schloss die Tür sorgfältig, bevor er zur Sache kam. »Was ist los, Hans? Drehst du bei? Der aufziehende Sturm ist doch eigentlich kein Problem für die *Seeadler*.«

»Eigentlich …«, brummte Trudsen. »Da stimmt was mit dem Steuerruder nicht. Sie reagiert schwerfällig.«

Knut Rasmus hatte kein Kapitänspatent, aber er lebte lange genug an der See, um zu wissen, was das bedeutete. In seinen Zwanzigern war er gerne Seekajak gefahren. Er war rein in die Wellen gejagt und auf ihnen zurück an die Küste geritten. Einmal war ihm sein Paddel aus der Hand gerutscht. Er konnte das Boot nicht mehr steuern. Es legte sich durch die Strömung quer zur Welle und er kenterte sofort. Bei Sturm auf dem Meer die Steuerfähigkeit über sein Boot zu verlieren, bedeutete höchste Gefahr.

Das Schaukeln wurde stärker.

»Ich überlege zur Sicherheit die Küstenwache zu rufen und Hilfe anzufordern. Aber wenn bekannt wird, dass mein Schiff in Seenot war, fährt nie wieder jemand mit der *Seeadler*. Dann kann ich den Laden dichtmachen.«

Rasmus konnte Trudsen gut verstehen. Er war mit seiner Kneipe auch selbstständig. Ein Fass verdorbenes Bier könnte dafür sorgen, dass niemand mehr kam. Da war es egal, ob er Schuld hatte oder die Brauerei. Oder ob er vorher zwanzig Jahre gute Arbeit geleistet hatte.

»Was ist mit deinem Maschinisten?«, fragte Rasmus.

»Ist krank.«

Die beiden Männer schauten sich in die Augen. Knut Rasmus war ein guter Heimwerker. »Komm, wir schauen uns das mal selber an, bevor wir alle wild machen«, sagte er.

Hans Trudsen nickte und holte seinen ersten Offizier, der gerade die Crew beim Service unterstützte. Er sollte weiter versuchen das Schiff auf Kurs Heimathafen Travemünde zu drehen. Der junge Mann wurde nervös, als er merkte, dass etwas mit dem Steuer nicht stimmte.

»Was …?«

»Schnauze. Mach dir keenen Kopp, wir lösen dat alleine. Dreh du einfach weiter an dem Steuer, damit wir im Maschinenraum sehen, wo das Problem liegt«, fuhr Trudsen ihn an.

Rasmus zuckte zusammen, als er sah, dass der erste Offizier die Tür zur Brücke offen gelassen hatte. »Leise! Wir wollen keine Panik«, fauchte er. »Und jetzt los, die Zeit rennt.«

Im Laufschritt machten sich Trudsen und Rasmus auf den Weg zum Heck. Rasmus riskierte einen Blick zum Himmel. Die Gewitterfront hatte sie fast erreicht. Regenschleier hingen wie düstere Vorhänge von den schwarzen Wolken hinab. Die ersten Tropfen fielen platschend auf das grün lackierte Stahldeck. Fahrgäste, die auf dem Außendeck Platz genommen hatten, schnappten sich ihre Kaffeetassen und Biergläser und flüchteten nach drinnen.

Endlich am anderen Ende des Schiffes angekommen, entriegelte Trudsen die Stahlluke über der Antriebsschraube und der Ruderanlage. Die beiden Männer stiegen die schmale Metallstiege nach unten, eine einzelne Glühbirne spendete Licht in dem engen Maschinenraum. Beißender Dieselgestank wanderte durch Rasmus' Nase und füllte seine Lungenflügel. Der Wirt hustete. Das Stampfen des Schiffsmotors machte hier unten einen ohrenbetäubenden Lärm.

»Gib mir mal die Taschenlampe da!«, brüllte Trudsen gegen den Motor an. Er zeigte auf eine große Stablampe, die auf einem der Dieseltanks lag. In deren Kegelschein schoben sie sich hintereinander durch einen Kriechgang bis zur Ruderanlage durch.

»Scheiße!«, entfuhr es dem Kapitän, als sie das Ende des Ganges erreichten. Bereits am Ton der Stimme konnte Rasmus hören, dass dies ein ernstes Fluchen war; die Vibration der Angst lag in Trudsens Ausruf. Der

Kneipenwirt schob sich neben den Kapitän. Jetzt sah er das Malheur. Eine der Gewindestangen, die das Ruder bewegten, war gebrochen. Wahrscheinlich ein Ermüdungsbruch des Materials. Sie hing noch an einem seidenen Metallfaden, der jedoch in dem Moment riss, als der erste Offizier oben auf der Brücke versuchte das Steuer herumzureißen. Das Metallgestänge bewegte sich nach Backbord, ein Knacken ertönte und die ganze Konstruktion brach in sich zusammen.

Eines wusste Rasmus sofort: Dieser Schaden ließ sich nicht mal eben reparieren. Er warf Trudsen einen erschrockenen Blick zu und schüttelte den Kopf.

In diesem Moment traf die erste große Welle die *See-adler II*. Das Schiff machte einen Satz zur Seite. Der Kapitän, der sich in der Hocke befand, wurde zur Seite geschleudert. Er knallte mit der Schulter gegen den Dieseltank und schrie auf wie ein verwundetes Tier.

»Aaargh! Scheiße, scheiße, scheiße! Die ist raus … Die verdammte Schulter ist raus!«

Rasmus sah die Beule und die gekrümmte Rückenpartie. Trudsen hatte sich die Schulter ausgekugelt.

Das Schiff wurde angehoben und fiel dann wie in einem Freefalltower im Freizeitpark in die Tiefe. Rasmus stieß einen Schreckenslaut aus. Die Welle hatte mindestens drei Meter gehabt.

»Wir müssen hier raus!«

»Ich kann nicht kriechen, meine Schulter«, jammerte Trudsen.

»Dann stirbst du!«, schrie Rasmus ihn an und packte den Kapitän am Kragen. »Du musst hier raus!«

Endlich setzte Trudsen sich in Bewegung. Stöhnend

vor Schmerzen kroch er in Richtung Ausgang. Der Kneipenwirt krabbelte hinter ihm und drängte ihn von hinten gnadenlos weiter und die Stiege hinauf. Jedes Mal, wenn Trudsen wimmernd innehielt, gab er ihm einen Stoß.

»Hör auf! Ich hab höllische Schmerzen!«, schrie der Kapitän ihn an.

Doch Knut Rasmus versetzte ihm noch einen herberen Schubser. »Ich rette dir hier gerade das Leben, du Idiot!«

Endlich erreichten sie das Deck. Knut Rasmus blickte sich um. Vom Horizont kamen immer größere Wellenberge auf sie zugerollt. Der Regen trommelte auf sie ein, Blitze zuckten zwischen den schwarzen Wolken und warfen ihr grelles Licht auf das nun tosende Meer. So einen Seegang gab es auf der Ostsee höchstens alle zehn Jahre. Die *Seeadler II* lag noch in der richtigen Position und tanzte auf den Wellen. Doch sie drehte sich allmählich und unaufhörlich in eine gefährliche Lage. In wenigen Minuten würde sie seitlich zu den Wellen liegen.

Durch die Fenster konnte Rasmus sehen, dass die ersten Menschen aufsprangen und unruhig hin und her liefen.

»Hol deine Leute, wir müssen die Rettungsboote zu Wasser lassen!«, schrie er Trudsen ins Gesicht. »Sonst haben wir keine Chance.«

Der kreidebleiche Kapitän nickte nur und schleppte sich in Richtung Brücke.

Rasmus stürmte zum Aufenthaltsraum. Noch bevor er die Tür erreichte, öffnete sie sich und seine Kumpel kamen ihm entgegen.

»Wo warst du? Was ist los?«, rief Frieder.

Seine Stimme wurde vom Tosen des Sturmes verschluckt. Sie hörte sich meilenweit weg an, dabei stand
sein Freund nur zwei Meter von ihm entfernt.

Knut Rasmus wartete, bis er die Gruppe erreicht
hatte.

»Die Kontrolle über das Schiff ist verloren. Die Ruderanlage ist im Eimer. Wir müssen die Menschen von
Bord bringen!«

Merkwürdigerweise fühlte er keine Angst, sondern
Stolz.

Heute würde er zum Helden werden.

Kapitel 45

Jessy

Jessy nippte an ihrem Cappuccino, ohne den Blick vom Monitor ihres Laptops abzuwenden.

Komm schon, ermahnte sie sich. *Wie wird Belle reagieren, wenn Mike ihr eröffnet, dass er ein Halbvampir ist? Glaubt sie ihrer großen Liebe? Oder hält sie ihn für komplett verrückt? Was passt zu ihrem Charakter?*

Jessy versuchte zurück in den Schreibflow zu kommen, doch die Skatrunde zwei Tische weiter war ziemlich laut. Obwohl sie erst seit einem Jahr in Travemünde wohnte, kannte sie die vier Männer vom Sehen. Den Schlachter, den Kurdirektor und den Kneipenwirt. Bei dem vierten war sie sich nicht so sicher. Die Postbotin hatte von einem früheren Kioskbesitzer mit gescheiterter Ehe getratscht. Das könnte er sein.

Jessy steckte sich die Kopfhörer in die Ohren und startete die Spotify-Playlist *Romantic Books*. Die Melodien beflügelten sie beim Schreiben. Und sie übertönten den Geräuschpegel der Männerrunde.

Endlich hatte sie die richtigen Worte für Belle gefunden, als ihr Magen leicht rebellierte. Sie hatte diese Seefahrt schon häufig gemacht und noch nie war sie seekrank geworden. Der Seegang war heute aber auch deutlich stärker als sonst. Einem der Männer aus der Skatrunde hatte es eben das Bier über die Hose geschüttet. Jessy hatte sich ein leises Kichern nicht verkneifen können.

Jetzt war ihr nicht mehr so sehr nach Lachen zumute. Ihr war nicht übel, aber mulmig. Sie beschloss ein wenig frische Luft zu schnappen. Den Laptop fuhr sie runter, schob ihn in den Rucksack und setzte diesen auf. Es war zu riskant, den Computer stehen zu lassen. *Nachher habe ich »zwei«, wenn ich wiederkomme,* dachte sie ironisch.

Bei einem Blick nach draußen sah sie weiße Schaumkronen auf den Wellen tanzen. Die Farbe stand im Kontrast zu den tiefschwarzen Wolken. Ob das Unwetter in ihre Richtung kam?

An der Bar vorbei verließ Jessy den Saal in eine Art Treppenhaus. Links und rechts ging es auf das Deck, die Treppe hoch auf den sogenannten Sonnenausguck. Geradeaus befand sich der Steuerstand. Die Tür stand offen. Der Kapitän, sein erster Offizier und einer der Skatbrüder steckten die Köpfe zusammen. Der Kartenspieler musste den Saal verlassen haben, während Jessy den Laptop eingepackt hatte.

Sie überlegte, ob sie auf das normale Deck oder den Ausguck gehen sollte, als sie die Stimmen der Männer hörte.

»Schnauze. Mach dir keenen Kopp, wir lösen dat alleine. Dreh du einfach weiter an dem Steuer, damit wir im Maschinenraum sehen, wo das Problem liegt«, schimpfte der Kapitän.

»Leise! Wir wollen keine Panik. Und jetzt los, die Zeit rennt.« Sie meinte bei dem Mann aus der Kartenrunde, der mit dem Rücken zu ihr stand, die Stimme erkannt zu haben. Es war der Wirt der Möwenschenke.

Instinktiv versteckte sie sich hinter der Stahltreppe, die zum Ausguck führte, als zwei der Männer den Steuerraum verließen. Ohne sie zu bemerken, stürmten sie zum hinteren Teil des Schiffes.

Jessy war wie paralysiert. Was hatten die beiden da gesagt? Es klang, als wären sie in Seenot. In echter Gefahr. Okay, es schaukelte ordentlich, aber konnten die Wellen dem Schiff wirklich gefährlich werden?

Die Männer hatten die Tür zur Brücke nicht richtig geschlossen, Jessy lugte durch den Spalt. Der junge Seemann am Steuerstand drehte immer wieder an dem hölzernen Rad. Er wirkte nervös, fasste sich wiederholt mit der Hand an den Kopf. Jessy spürte das Dröhnen des Schiffsmotors, doch die *Seeadler II* änderte ihre Position nicht.

Schlagartig wurde es ihr bewusst.

Sie haben keine Kontrolle mehr über das Schiff.

Jessy öffnete die Tür zum Außendeck. Wind und Regentropfen schlugen ihr ins Gesicht. Das Gewitter hatte sie erreicht. Der jungen Schriftstellerin gefror das Blut in den Adern, als sie begriff, was das alles bedeutete. Sie waren tatsächlich in Gefahr!

Timo war in Gefahr!

Kapitel 46

Jessy

Jessy stürzte zurück in den Gastraum. Sie rannte in Richtung der Treppe zum Unterdeck und versuchte einer Familie auszuweichen, die ihr leeres Geschirr zur Rückgabe brachte. Ihre Schulter rempelte den Vater am Arm an. Klirrend fielen die verschmierten Teller auf den Boden.

»Passen Sie doch auf!«, rief er ihr hinterher.

»Was ist denn mit der los? Die hat doch nicht mehr alle«, hörte sie eine weitere Stimme.

Noch war keinem der Passagiere bewusst, welche Gefahr auf sie zukam. Doch gerade als Jessy das Geländer erreichte, traf die erste große Welle das Schiff. Die *Seeadler II* bäumte sich auf. Einige der Gäste schrien erschrocken auf, andere juchzten. Für sie war es wie eine Achterbahnfahrt. Sie hatten den Ernst der Lage noch nicht begriffen und konnten nicht wissen, dass der Kapitän die Kontrolle über das Schiff nicht mehr hatte.

Jessy verlor das Gleichgewicht. Sie versuchte sich mit der Hand am Treppengeländer festzuhalten, doch sie griff daneben. Das Unglück nahm seinen Lauf. Mit voller Kraft flog ihr Körper gegen ein schweres Holzregal an der Wand und rutschte anschließend einige Stufen mit dem Kopf voran die Treppe hinab. Benommen blieb sie liegen.

Als ihr Kopf wieder klar wurde, war sie nicht sicher, wie viel Zeit vergangen war. Vielleicht eine oder zwei Minuten?

Sie spürte, wie die *Seeadler II* von einer Welle getroffen wurde und sich ein wenig auf die Seite legte. Jetzt verstummte das Juchzen, Panik brach auf dem Oberdeck aus.

Jessy hörte ein Ächzen und das Geräusch splitternden Holzes. Unter Schmerzen drehte sie sich um und sah gerade noch, wie die Befestigungsschrauben des mit Gläsern gefüllten Regals aus der Wand brachen. Ein Regen aus Glas ging auf sie nieder. Schützend hielt sie sich die Hände über den Kopf. Bier- und Weingläser zerschlugen auf und neben ihr, dann fiel der Schrank auf ihre Beine und den Unterkörper. Jessy brüllte vor Schmerz. An jedem anderen Tag wäre sie jetzt ohnmächtig geworden, doch sie erlaubte sich keine Schwäche. Sie probierte die Beine und Zehen zu bewegen. Alles tat höllisch weh, aber es fühlte sich nicht an, als wäre es gebrochen.

Jessy versuchte unter dem Schrank hervorzukriechen, doch er war viel zu schwer. Egal wie sehr sie gegen die Last ankämpfte, sie konnte das Monster aus Massivholz nicht bewegen.

»Hilfe! Hilfe! Holt mich hier raus!«, schrie sie verzweifelt.

Doch mittlerweile war an Deck ein Tumult ausgebrochen. Die Menschen rannten panisch nach draußen. Offenbar wollten sie zu den Rettungsbooten.

Okay, welche Optionen bleiben dir? Ihre Gedanken rasten.

Immerhin lag sie tief auf der Treppe und mit dem Kopf nach unten zum Geländer hin, sodass sie auf das

Unterdeck in das Spieleland sehen konnte. Zwei total überforderte Aushilfsstudentinnen versuchten hektisch die etwa ein Dutzend Kinder in der Mitte des Raumes zu versammeln. Die jungen Frauen hatten selbst Panik und schrien die Kinder an.

»Macht das nicht, redet ruhig, er bekommt sonst Angst!«, rief Jessy ihnen zu. Doch die zwei Frauen bekamen nicht einmal mit, dass sie dort wenige Meter entfernt auf der Treppe lag und, die Hände zwischen den Gitterstäben des Geländers hindurchgesteckt, versuchte auf sich aufmerksam zu machen.

Mit den Augen scannte Jessy den Spielebereich ab.

Wo, verdammt noch einmal, war Timo?

Die kleine Hüpfburg, die Rutsche, der Spieleturm … nichts!

Tränen schossen ihr in die Augen und verschleierten das Bild.

Einen Moment machte sie die Augen zu und schickte ein Stoßgebet zum Himmel.

Bitte, lieber Herrgott, wenn es dich gibt, dann hilf mir!

Jessy öffnete die Augen und da sah sie den blau-weiß geringelten Pullover, den Timo so sehr liebte, dass sie mehrere davon hatte kaufen müssen. Timo bestand darauf, ihn jeden Tag zu tragen. Ihr Junge hatte sich im Bällebad versteckt. Ängstlich ging sein Kopf hin und her. Jessy winkte und bemühte sich ein unbesorgtes, freundliches Gesicht zu machen, damit er nicht noch mehr Angst bekam.

Endlich entdeckte er sie. Seine Miene hellte sich kurz auf. Er fasste jedoch nicht genug Mut, um aus seinem Versteck zu kommen.

Jessy presste erneut die Hände gegen den Schrank, doch sie hatte keine Chance.

»Timo! Timo! Komm raus, komm her zur mir!«, rief sie, so laut sie konnte, gegen den Lärm an Bord an. Sie war nicht sicher, ob ihr Sechsjähriger sie verstehen konnte. Zumindest schien er zu ahnen, was seine Mutter von ihm wollte. Langsam kletterte er einen Meter in Richtung des Ausgangs aus dem Bällebad.

Die beiden Betreuerinnen hatten Timo noch nicht entdeckt.

»Du musst da raus! Komm raus!«, schrie sie.

Ein mächtiger Schlag traf das Schiff an Steuerbord. Die *Seeadler II* legte sich erneut auf die Seite. Jessy rutschte mitsamt dem Schrank gegen das Geländer und schlug sich die Lippen auf. Anders als beim letzten Wellentreffer richtete sich das Schiff dieses Mal nicht von allein wieder auf, sondern behielt Schlagseite. Jessy hörte das Rauschen von Wasser. Das konnte nur eines bedeuten: Das Schiff lief voll. Jetzt blieben noch wenige Minuten, um von Bord zu kommen.

Jessy hörte Getrampel und sah Stiefel, die über den Schrank hinwegsprangen, unter dem sie begraben lag. Sie drehte den Kopf zur Seite und sah drei der Männer aus der Kartenrunde, die in den Spielebereich hinabstürmten. Ein anderer, dieser Knut Rasmus, warf ein Tau die Treppe herab, die mittlerweile so schief stand, dass sie nicht mehr normal begangen werden konnte.

Ihr eigenes Leben war Jessy in diesem Moment vollkommen egal. Sie kümmerte sich nicht darum, ob sie freikam. Es ging nur um ihren Sohn.

»Timo! Geh jetzt da raus! Geh zu den Männern!«

Ihre Worte wurden vom Sturm und dem Geschrei verschluckt. Mit den Händen winkte sie ihm und warf dem Kleinen flehende Blicke zu. Endlich verstand er. Der blonde Junge mit dem Ringelpullover krabbelte aus der Holzkiste mit den Plastikbällen und lief zu den anderen Kindern.

»Bringt euch in Sicherheit, Mädels. Wir kümmern uns um die Kids!«, rief einer der Männer den Betreuerinnen zu. Die jungen Frauen ließen sich das nicht zweimal sagen und kletterten mithilfe des Taus auf das Oberdeck. Die Männer schnappten sich ein Kind nach dem anderen, nahmen es auf den Arm und kletterten mit ihm nach oben. Sie waren so fokussiert, dass sie Jessy unter den Trümmern nicht bemerkten. Der Mann oben übernahm die Kinder und brachte sie offenbar zu den Rettungsbooten.

»Schneller, schneller, es wird knapp!«, rief einer.

Timo ließ seine Mutter nicht aus den Augen. Er sagte nichts. Sein Körper zitterte vor Angst. Jessy warf ihm ein beruhigendes Lächeln zu und ihre Lippen formten die Worte: »*Alles wird gut!*«

Die Kinder blieben erstaunlich ruhig und hatten brav eine Reihe gebildet. Timo war ungefähr in der Mitte.

Das Schiff ächzte unter der Belastung, Metall knirschte. Die Schlagseite lag mittlerweile sicher bei über 45 Grad.

Endlich war Timo dran. Einer der Männer griff ihn unter den Achseln. Doch plötzlich ertönte die Stimme des Mannes oben am Treppenabsatz.

»Uns bleibt kaum noch Zeit. Erst die Gesunden!«, befahl er.

Jessy erstarrte. Der Mann im Spielebereich setzte ihren Sohn tatsächlich wieder auf den Boden. Verwirrt blickte Timo sich um. Der Mann und auch die anderen ließen ihren kleinen Jungen stehen und griffen nach den übrigen Kindern.

Ein stummer Schrei verzerrte ihr Gesicht.

Ein Knall ertönte. Plötzlich schoss Wasser in das Unterdeck. Nach wenigen Sekunden war der Boden überflutet.

Jessy sah den Schrecken in Timos Gesicht. Eine Minute später waren alle anderen draußen. Er war das letzte Kind. Gleich würden die Männer ihn rausbringen. Doch anstatt zur Treppe zu laufen, flüchtete Timo vor dem eindringenden Wasser auf den Rutschenturm.

Zwei der Männer kletterten auf das Unterdeck hinab, um ihn zu holen. Mittlerweile stand das Wasser in den tief liegenden Bereichen hüfthoch. Sie waren noch wenige Meter von der Rutsche entfernt, da hielt der eine den anderen am Arm fest.

»Zu spät. Wir müssen jetzt raus!«

Jessy war wie von Sinnen. Sie hörte ihre eigenen Schreie. »Neeeeiiiin! Neeeeeiiiiin!«

Kurz darauf spürte sie, wie das Gewicht von ihren Beinen verschwand. Die beiden Männer, es waren der Kurdirektor und der Fleischermeister, hatten ihre Schreie gehört und sie unter dem Schrank entdeckt, als sie zurück nach oben kletterten.

Kräftige Hände packten sie und zogen sie hoch. Voller Panik konnte Jessy nur noch lauthals stammeln. Immer wieder blieb ihr die Luft weg.

»Kind … Kind … Lasst mich los!« Sie trat und schlug um sich. Doch die Hände hielten sie mit aller Kraft fest.

»Es ist zu spät. Wir können nicht mehr runter. Sie müssen von Bord!«, brüllte eine Stimme.

Jessy sah im Augenwinkel noch einmal den blau-weiß gekringelten Pullover.

Mit letzter Kraft versuchte sie sich loszureißen, biss dem Mann, der sie gepackt hatte, in die Schulter. Der schrie kurz auf, ließ aber nicht los, sondern zerrte sie mithilfe der anderen Männer von Bord in eine der Rettungsinseln.

Keine dreißig Sekunden später sah Jessy aus der Rettungsinsel, wie die *Seeadler II* von der Ostsee verschluckt wurde. Still schloss sich die Wasserdecke über dem Schiff wie ein nasses Grab. Die junge Mutter verfiel in eine Schockstarre. Sie konnte nicht reden, sich nicht bewegen, nicht weinen.

Aber sie konnte hassen.

Kapitel 47

Sönke

Heute.

Jessy hatte ihn nicht gefragt, was er mit »Warum?« meinte. Sie hatte nicht versucht zu leugnen, überrascht oder empört zu tun, sondern zu erzählen begonnen.

Sönke hatte ihre Hand von seiner Schulter geschoben und war von ihr abgerückt. Angst fühlte er nicht, auch wenn er neben einer Mörderin saß. Dafür übermannten ihn viele andere Emotionen: Entsetzen, Enttäuschung, Trauer und Wut.

Während sie berichtete, verwandelte Jessy sich. Ihr Gesicht war rot, die Augen lagen in tiefen, tränengefüllten Höhlen, dunkle Ränder hatten sich drumherum ausgebreitet. Es war, als wäre eine Maske von ihr abgefallen.

»Für Timo war es eine große Überwindung, aus seinem Versteck zu kommen. Mein Junge war so mutig. Er stand brav in der Schlange, hat niemandem etwas getan, und als er dran war, haben sie ihn stehen lassen«, flüsterte sie immer noch fassungslos.

»Was hatte Timo?«, fragte Sönke. Er klang jetzt ruhiger, auch wenn er innerlich aufgewühlt war.

»Down-Syndrom«, antwortete sie, dann überschlug sich ihre Stimme: »Ist sein Leben dann weniger wert?«

Sönke schüttelte den Kopf.

»Nein. Nein. Ganz bestimmt nicht.« Ihm schossen bei

dem Gedanken an das Kind erneut die Tränen in die Augen. Er widerstand jedoch dem Drang, Jessy in den Arm zu nehmen.

»Für diese vier Männer war es aber so. Und es war ja nicht nur, dass sie alle anderen Kinder vorgezogen haben. Sie hätten es noch schaffen können. Warum haben sie mich unter dem Schrank rausgezogen, ihn aber vorher nicht geholt? Sie hätten mich nicht auf das Rettungsboot zerren dürfen.«

Plötzlich begann sie zu schreien, schlug auf die Holzplanken des Steges ein und rüttelte dann wie wild an Sönkes Oberkörper.

»VERSTEHST DU, WAS ICH SAGE? Mein Kind ist gestorben, damit ich gerettet werden konnte! Das ist gegen die Natur. Und selbst wenn sich diese feigen Dreckskerle nicht getraut haben noch einmal runterzugehen, so hätten sie mich doch gehen lassen müssen. Sie hatten kein Recht, mich gegen meinen Willen zu retten. Ich war seine Mutter. Ich musste versuchen ihn zu holen. Und wenn ich es nicht geschafft hätte, so wäre ich wenigstens bei ihm gewesen, als das Schiff sank. Ich hätte ihn in den Armen gehalten und wir wären gemeinsam gestorben. Das wäre tausendmal besser gewesen.« Sie spuckte auf den Boden. »Sie dachten von sich, dass sie zu Helden geworden wären, dabei wurden an diesem Tag draußen auf dem Meer Seeungeheuer geboren.«

»Haben sie gewusst, dass Timo dein Kind war?«

Sie schüttelte den Kopf. »Nein. Ich war neu im Ort. Und in der Hektik an Bord haben sie nichts mitbekommen. In ihren Augen haben sie bis zur letzten Sekunde ihr Leben riskiert, um möglichst viele Menschen zu retten. Sie waren wie im Rausch und haben sich später für ihre Heldentaten gefeiert, sich umarmt und abgeklatscht. Den Gedanken an den Jungen, den sie nicht mehr geholt haben, haben sie verdrängt.«

»Was ist mit seinem Vater?«, fragte Sönke.

Ein verächtlicher Zug legte sich über ihr Gesicht. »Hat sich noch vor der Geburt auf Nimmerwiedersehen vom Acker gemacht, der Dreckskerl.«

Eine Zeit lang sprach niemand. Sönke wusste nicht, was er sagen sollte. Ihren Schmerz und Hass konnte er fühlen und verstand doch nicht, wie sie selbst zu schrecklichen Morden hatte fähig sein können.

Dennoch brach er die Stille. »Warum Trudsen?«

»Er hätte alles verhindern können, hätte der Feigling nicht aus Angst um sein Geschäft und seinen guten Ruf so lange gezögert die Küstenwache zu rufen. Später bei der Untersuchung des Falls hat er so getan, als hätte er den Ernst der Lage zu spät begriffen. Doch die Zeugenaussagen haben das widerlegt, die *Seeadler* war schon länger vor dem Sturm orientierungslos im Wasser getrieben. Trotzdem konnte man ihm keine Schuld nachweisen und er wurde vor Gericht freigesprochen. Eine Farce!«

»Warum hast du ihn verletzt und nicht auf dem Meeresgrund befestigt?«

Sie starrte stur auf das Meer, konnte Sönke nicht in die Augen gucken, als sie antwortete: »Damit ihr ihn schnell findet und euch sofort klar wird, dass es Mord war. Mein Ziel war, dass ihr Uwe freilassen müsst. Er ist unschuldig, ich wollte nicht, dass er für meine Taten im Gefängnis sitzen muss.«

Sönke schüttelte empört den Kopf. Es war ihm ein Bedürfnis, seine Abscheu gegenüber ihren Taten zum Ausdruck zu bringen – vor allem weil er tief in seinem Inneren spürte, dass da trotzdem noch Gefühle für sie waren. Sie tat ihm unendlich leid und er spürte immer noch Zuneigung. Er fühlte Zuneigung für eine Serienmörderin. Das durfte er sich nicht erlauben.

»Du erwartest hoffentlich nicht, dass ich dieses Handeln jetzt als heldenhaft ansehe«, sagte er deshalb mit eiskalter Stimme.

»Nein«, sagte sie leise.

»Wie hast du das mit den anderen geschafft?«

Sie lachte bitter. »Es war einfach. Ich bin eine zierliche Frau, noch dazu eine, von der sie dachten, dass sie ihnen für ihre Rettung dankbar wäre. Meinen Widerstand damals haben sie auf den Schock zurückgeführt. Das Gefühl der Dankbarkeit habe ich ihnen in den vergangenen Jahren auch immer vermittelt.«

»Du hattest das alles schon länger geplant?«

Sie nickte.

»Nach dem Unglück war ich ein halbes Jahr stationär in psychiatrischer Behandlung. Das hat mir geholfen einiges zu verarbeiten. Doch der Hass auf diese Männer war nach der Therapie keinen Deut weniger geworden. Wahrscheinlich hat mich das Schmieden von Racheplänen sogar am Leben gehalten. Es hat meinem Leben einen neuen Sinn gegeben. Als ich dann gehört habe, dass Rasmus die Kneipe verkaufen und auswandern will, wusste ich, dass der Zeitpunkt gekommen war, meinen Plan in die Tat umzusetzen. Bis dahin hatten mir die Fantasien gereicht.«

»Deswegen waren die anderen beiden Opfer unverletzt. Du musstest keine Gewalt anwenden.«

»Nein. Ich wäre viel zu schwach für eine körperliche Auseinandersetzung gewesen. Alle sind freiwillig mit auf mein Boot gekommen. Rasmus, dieser ekelhafte geile Sack, dachte, ich würde etwas von ihm wollen. Weidemann habe ich, als er aus der Kneipe kam, ein Flaschenbier für den Weg spendiert. Die K.O.-Tropfen haben ihn völlig willenlos gemacht, er ist erst im Wasser wieder zur Besinnung gekommen. Bei beiden reichte ein leichter Stoß im richtigen Moment, um sie in die Ostsee zu befördern. Dann bin ich mit dem Boot etwas weggefahren und habe sie ihrem Schicksal überlassen, während ich meine Taucherausrüstung angelegt habe.«

»Warum hast du sie auf den Meeresgrund gebracht?«

Jessy wischte sich mit dem Handrücken über die verweinten Augen.

»Sie sollten das gleiche Schicksal erleiden, das sie meinem Kind zugefügt hatten. Ertrinken und auf dem Grund des Meeres gefangen sein. Einen Monat hat es gedauert, bis mein Timo aus dem Schiffswrack befreit wurde und ich ihn beerdigen konnte«, antwortete sie.

»Unter Wasser war es für dich auch kein Problem, selbst die schweren Männerkörper zu bewegen«, schlussfolgerte der Hauptkommissar.

Dann blickten beide schweigend auf das Meer hinaus. Es war dunkel geworden, nur die roten und grünen Lichter der Schiffstonnen funkelten auf dem Wasser. Die Stimmung war beinahe friedlich. Doch Sönke wusste, was er jetzt tun musste. Er zögerte, wartete noch ein paar

Minuten. Schließlich stemmte er die Hände auf den Steg und stand auf. Es fiel ihm unendlich schwer.

Alles war gesagt.

»Steh auf«, sagte er leise. »Es ist Zeit.«

Kapitel 48

Lisa

Eine Woche später.

Sönke und Barsch schnauften, der Schweiß lief ihnen in Strömen über die Stirn. Erschöpft ließen sie sich auf die beiden Klappstühle fallen.

»Danke, Jungs, ich wollte längst mal wieder hier hoch«, sagte Lisa. Sie reichte den beiden Kommissaren je ein Bier als Belohnung. Die Flaschen hatte sie auf ihrem Schoß festgehalten, während die Männer sie und ihren Rollstuhl in Schwerstarbeit acht Stockwerke nach oben befördert hatten. Über eine halbe Stunde hatte das gedauert.

»Genieß es, das mach ich so schnell nicht wieder«, stöhnte Sönke.

»Mach ich«, versprach Lisa und begann mit ihrem Rollstuhl auf der umlaufenden Plattform an der Spitze des Leuchtturms einmal um das alte Signalfeuer herumzufahren. Für die Öffentlichkeit war der Turm heute gesperrt, sie hatten alle Zeit der Welt. Die Herbstsonne schien und der Wind hatte sich auf das Meer zurückgezogen. Lisas Blick schweifte über die Travemünder Promenade, die Altstadt und den Park und fiel schließlich hinaus auf die Ostsee.

»Ich habe diesen Ausblick vermisst«, sagte sie, als sie wieder bei ihrem Bruder und dessen Kollegen angelangt war.

Barsch hatte sie zwar erst vor einer Stunde kennengelernt, aber ihn sofort ins Herz geschlossen. Die Psychologin in ihr verriet ihr, dass hinter der herausgeputzten Fassade ein gutes Herz steckte.

Sönke grinste. »Dann weiß ich ja, was ich dir in Zukunft zum Geburtstag schenken kann.«

Eine Weile blickten sie auf den Horizont, dann fragte Lisa: »Wie bist du eigentlich auf sie gekommen?«

»Anne, die Polizeireporterin, hat einen Artikel gefunden, bei dem die Skatrunde als Retter bei dem Schiffsunglück gefeiert und auch Trudsen als Kapitän erwähnt wurde. Das nährte den Verdacht, dass dies die Verbindung zwischen den fünf Personen sein könnte.«

»Wurde auch Jessy in dem Artikel erwähnt?«, fragte Barsch.

»Nein, aber sie hatte mir selbst wenige Tage zuvor erzählt, dass sie damals an Bord war und Rasmus sie gerettet hat.«

»Wahrscheinlich wollte sie so von vornherein klarmachen, dass sie die unverdächtigste Person in der ganzen Stadt ist«, mutmaßte Lisa.

Sönkes Gesicht verzog sich schmerzverzerrt. Er versuchte jedoch offensichtlich sich nicht anmerken zu lassen, wie sehr ihn diese Erkenntnis quälte. Zustimmend nickte er und fuhr fort: »Als ich einmal dieses Bild vor Augen hatte, dass alle beteiligten Personen zusammen mit Jessy auf diesem Ausflugsschiff gewesen waren, fiel es mir plötzlich wie Schuppen von den Augen.« Er sah Barsch an. »Wir waren uns sicher, dass ein erfahrener Schwimmer und Taucher Johannsen auf der Ostsee überfallen haben musste. Deshalb hatten wir Klatt in

Verdacht. Und mit dem DLRG-Boot, das kurz nach Johannsen aus dem Hafen ausgelaufen war, wurde diese Theorie mehr als deutlich untermauert. Doch Klatt konnte Trudsen nicht ermordet haben, weil er zu der Zeit im Gewahrsam saß. Erst habe ich die Lösung nicht gefunden, vielleicht wollte ich sie auch nicht sehen oder habe sie verdrängt. Aber nach Annes Anruf wurde mir plötzlich klar, dass es nur noch eine andere Person gab, die sehr gut schwimmen und tauchen konnte und Zugriff auf das Einsatzboot der DLRG hatte. Klatt war zwar der offizielle Bootsführer, aber Jessy konnte es natürlich auch benutzen.«

Barsch fuhr sich durch die Haare. »Eigentlich unfassbar. Sie hat sich quasi selbst überführt, weil sie ihren Kollegen durch die Art und Weise des dritten Mordes aus dem Gefängnis holen wollte.«

»Ihr Hass fokussierte sich ganz auf die Männer, die sie für den Tod ihres Sohnes verantwortlich gemacht hat. Aus ihrer Sicht Unschuldige wollte sie auf keinen Fall mit reinziehen«, meinte Lisa.

Sönke stieß einen tiefen Seufzer aus. »Als der Verdacht jedenfalls einmal in meinem Kopf war, passte plötzlich jedes Detail. An dem Abend, als Frieder Weidemann getötet wurde, hatte ich sie vorher auf dem Steg zum Essen eingeladen, aber sie hatte keine Zeit. Als sie dann tags darauf bei mir zum Abendessen war, habe ich extra den vegetarischen Auflauf gemacht, weil sie kein Fleisch isst. Doch später hat sie mir erzählt, dass sie an der Fleischtheke gehört hätte, wie sich unsere Skatbrüder ein Pokerspiel besorgt haben. Zwar haben die Männer auch um Geld gespielt, doch das war ein Zufallstreffer von ihr. Die Männer haben nie gepokert. Sie wollte einfach eine falsche Fährte legen.«

»Sie hat dich benutzt«, sagte Barsch.

Sönke sagte nichts, doch Lisa sah, wie er leicht zusammenzuckte. Die Bemerkung hatte ihn ins Herz getroffen.

Sie versuchte das Gespräch wieder auf die Sachebene zu lenken.

»Wäre es nicht gefährlich für sie geworden, wenn du rausgefunden hättest, dass die Männer nie Poker gespielt haben?«

»Wir haben ja mit Brandmeier gesprochen, aber ich wäre nie auf die Idee gekommen, ihre Aussage infrage zu stellen. Sie hatte es von vornherein so formuliert, dass sie meinte ‚sich vage zu erinnern‘. Sie hätte einfach sagen können, dass sie sich getäuscht hätte. Außerdem hätte ich eher geglaubt, dass Brandmeier lügt, als ihr zu misstrauen. Nein, ihr Fehler war, dass sie von der Fleischtheke erzählt hat. Das ist mir nur zuerst nicht aufgefallen. Genau wie alle anderen Details, die jetzt im Nachhinein Sinn ergeben.«

»Was meinst du?«, fragte Lisa.

»Sie war richtig bestürzt, als ich erzählt habe, dass wir Hein Johannsen lebend gefunden haben, und ich dachte erst, sie wäre traurig, weil unser Essen ausfällt. Mittlerweile ist mir auch klar, warum sie so emotional auf meine Frage nach Kindern reagiert hat und warum sie sich so vehement für ihren Kollegen eingesetzt hat.«

»Selbst warum Klatt genau die richtige Markierungstonne ausgewählt hat, um nach der Leiche zu suchen, wird jetzt deutlich«, ergänzte Barsch. »Nicht nur er hatte eine Beziehung zu dieser Boje, sondern auch Jessy, denn im Nachhinein habe ich von Klatt erfahren, dass sie dort oft gemeinsam Mittagspause gemacht haben.«

Barsch wandte sich Lisa zu. »Du bist doch Psychologin. Kannst du mir erklären, warum die vier Skatbrüder wegen des Jungen bei sich selbst nie eine Schuld gesehen haben?«

Lisa atmete durch. »Ich habe mit keinem gesprochen, daher kann ich dir keine tiefergehende Analyse geben. Es liegt für mich jedoch vieles auf der Hand. Grundsätzlich muss man sagen, dass Erinnerungen immer unter einem Schleier liegen und jeder Mensch dazu neigt, sie in seinem Sinne umzudeuten. Verschiedene Menschen werden zu ein- und derselben Situation immer verschiedene Erinnerungen haben und oft neigt unser Unterbewusstsein dazu, Geschehnisse zu verändern, Dinge hinzuzudichten oder wegzulassen. Umso länger etwas her ist, umso stärker ist dieses Phänomen. Deshalb sind vor Gericht Zeugenaussagen zu weit zurückliegenden Ereignissen auch immer mit äußerster Vorsicht zu genießen.«

»Das heißt, wenn wir zehn Zeitzeugen befragen würden, die vor vier Jahren an Bord waren, würden wir wahrscheinlich auch zehn verschiedene Schilderungen des Untergangs hören?«, fragte Barsch.

Lisa nickte. »Richtig. In diesem Fall bin ich mir ziemlich sicher, dass die Männer diesen kurzen Moment, in dem sie bewusst darüber entschieden haben, wer lebt und wer stirbt, verdrängt haben. In ihrer Erinnerung konzentrieren sie sich auf ihre Heldentaten. Aus ihrer Sicht haben sie so viele Menschen gerettet, wie sie nur konnten, und dabei ihr eigenes Leben riskiert. Kritik würden sie nicht an sich heranlassen. Frag doch mal Brandmeier nach diesem Moment. Ich denke, ich weiß, was er dir antworten wird.«

Barsch machte große Augen. »Ich bin gespannt.«

»Ich auch«, sagte Sönke. »Ich habe ihn nämlich schon gefragt. Also, was, glaubst du, hat er gesagt?«

Lisa sah den beiden nacheinander in die Augen. »Wir Menschen sind weniger überraschend und individuell, als wir selber glauben. Ich denke, er hat zunächst eine Verteidigungshaltung eingenommen und gesagt, dass er sich daran gar nicht mehr richtig erinnern könne, weil alles so schnell gegangen sei. Und dass er nur wisse, dass er so viele Kinder herausgeholt habe, wie es ging. Er wird beleidigt gewesen sein, weil er schließlich ein Held sei, der sein Leben für andere riskiert habe. Außerdem hat er dich aufgefordert darüber nachzudenken, dass sonst ein anderes Kind gestorben wäre und niemand ein Anrecht darauf habe, als Erstes gerettet zu werden. Zum Schluss hat er wahrscheinlich noch versucht jemand anderem die Schuld zu geben, weil es ja Rasmus sei, der den Befehl gegeben habe, erst die anderen Kinder raufzubringen. In der dramatischen Situation habe man keine Zeit gehabt, das zu hinterfragen.«

Sönke machte ein anerkennendes Gesicht.

»Eine nahezu perfekte Zusammenfassung«, sagte er. Dann blickte er nachdenklich aufs Meer. »Der Mensch macht sich die Erinnerung, wie sie ihm gefällt.«

»War das nicht bei Pippi Langstrumpf?«, versuchte Barsch die Situation aufzulockern.

Sönke schmunzelte tatsächlich kurz. »Nee, die macht sich die Welt, wie sie ihr gefällt.«

»Droht Brandmeier eigentlich eine Strafe, weil sie den Jungen stehen lassen haben?«, fragte Barsch.

»Nein«, sagte Sönke. »Es gibt keinen Beweis für unterlassene Hilfeleistung. Niemand kann heute mehr sagen, ob wirklich noch genug Zeit gewesen wäre, Timo noch herauszuholen. Außerdem müsste man beweisen, dass die Männer wussten, dass sie noch genug Zeit haben. Das ist unmöglich, niemand weiß in so einer Lage, wie lange es dauert, bis ein Schiff ganz untergeht. Und niemand ist gezwungen sein Leben aufs Spiel zu setzen, um jemand anderen zu retten.«

»Und was ist damit, dass sie ihn vorher ausgelassen haben?«, wollte Barsch jetzt wissen.

»Moralisch ist das grausam. Ob es auch strafbar ist? Ich denke ja. Für mich ist es ein Verbrechen. Es gibt kein Gesetz, das besagt, dass Menschen in der Reihenfolge einer Warteschlange gerettet werden müssen. Da unten war Chaos, die Abfolge in der Schlange war reiner Zufall. Aber es wurde bewusst eine Entscheidung gegen jemanden getroffen, das ist aus meiner Sicht eine Straftat. Doch die Einzigen, denen man dieses Handeln eindeutig hätte vorwerfen können, sind Rasmus, weil er den Befehl gegeben hat, und Weidemann, weil er den Jungen bewusst wieder abgesetzt hat. Da hätte eine Staatsanwaltschaft eine Anklage prüfen müssen. Doch die beiden sind tot. Und bei Johannsen und Brandmeier kann niemand beweisen, ob sie nach Rasmus' Ansage nur zufällig oder mit Absicht die anderen Kinder zuerst gerettet haben.«

Nach einer Stunde an der Brüstung wurde es merklich kühler und sie zogen sich ins Innere des Leuchtturms zurück. Als Barsch noch einmal nach draußen ging, um ein paar Fotos von dem Ausblick für seinen Instagram-Account zu machen, ergriff Lisa die Hand ihres Bruders.

»Wie geht es dir?«

Er blickte sie einen Moment lang aus leeren Augen an. »Ich weiß es nicht. Traurig, vielleicht wütend. Ich habe noch so viele Fragen.«

Sie streichelte mit dem Finger über seinen Handrücken.

»Stell sie ihr. Sonst findest du keine Ruhe«, sagte sie.

Kapitel 49

Sönke

Drei Monate später.

Sönke stand im Hinterhof des Landgerichts vor dem großen Eisentor. Die hohen Mauern aus alten roten Ziegeln ließen nur wenig natürliches Licht auf den Platz fallen, der kaum größer als ein halbes Handballfeld war. Scheinwerfer beleuchteten den Gefangenentransporter. Schneeflocken fielen unaufhörlich aus dem Himmel und legten sich wie ein weißer Teppich über den Boden. Sönke stellte den Kragen seines Wintermantels auf und legte die Arme um sich selbst, um es etwas wärmer zu haben.

Schließlich öffnete sich mit einem metallischen Ächzen das Tor zur Hälfte. Ein großer Mann erschien in der Öffnung. Der Justizhauptwachmeister warf Sönke einen Blick zu.

»Sie kommt gleich. Du hast zwei Minuten.«

»Wie lautet das Urteil?«, wollte Sönke wissen.

»Lebenslänglich, aber keine Sicherungsverwahrung. Das Gericht glaubt nicht, dass von ihr nach Verbüßen der Strafe noch eine Gefahr ausgeht. Aber sie haben die besondere Schwere der Schuld festgestellt.«

Sönke schluckte.

Damit war völlig unklar, ob Jessy nach fünfzehn Jahren eine Chance auf Bewährung bekam. Darüber müsste später erneut ein Gericht befinden. Es gab Straftäter, die mit diesem Urteil nach sechzehn Jahren wieder herauskamen, es konnten aber auch dreißig oder vierzig Jahre sein. Jessy würde auf unbestimmte Zeit in den Knast gehen. Und wenn er ehrlich zu sich selbst war, war das ein Urteil, das bei ihren Taten angemessen war.

Der Hauptwachtmeister schob das Tor ganz auf. Sönke sah die zierliche junge Frau gebeugt den Kellerflur entlangkommen. An ihrer Seite gingen links und rechts zwei weitere Justizwachtmeister.

Jessy hob den Kopf, als sie auf den Hof trat. Sie war blass. Mit geschlossenen Augen legte sie den Kopf in den Nacken und ließ sich den Schnee auf das Gesicht fallen. Erst als sie die Augen wieder öffnete, entdeckte sie Sönke. Sie erschrak.

»Du?«

Sönke trat aus dem Schatten der Mauer auf sie zu und blickte sie an. Er zwang sich zu einem Lächeln, berührte sie aber nicht.

Die beiden Wachtmeister nickten dem Kommissar zu und ließen ihn kurz mit Jessy allein, während sie den Gefangenentransport vorbereiteten. Der Hauptwachtmeister ging ein paar Schritte zurück und behielt Jessy aus der Entfernung im Auge.

»Tut mir leid, dass du mich so sehen musst«, sagte sie und hob die Hände mit den Handschellen.

»Es ist vorbei?«, fragte er, obwohl er die Antwort schon kannte.

»Ja«, sagte sie. »Lebenslänglich.«

»Wird dein Anwalt Revision einlegen?«

Sie lächelte müde.

»Nein, es ist gut so, wie es ist. Ich habe meine Strafe

verdient. Deswegen bist du aber nicht gekommen, oder? Wir haben nicht viel Zeit. Stell deine Frage, ich werde dir eine ehrliche Antwort geben«, forderte sie ihn auf.

»Hast du mich benutzt?«, fragte er mit einem Zittern in der Stimme. Er hatte Angst vor der Antwort.

Tränen füllten ihre Augen. »Ja, ich habe versucht etwas über die Ermittlungen zu erfahren und sie zu beeinflussen.«

Ein Kloß schnürte seinen Hals zu.

»Ich war also nur Mittel zum Zweck.« Seine Stimme versagte fast, während er die Worte formulierte.

Jessy schüttelte sanft den Kopf.

»Nein, das warst du nicht. Ich bin nicht deswegen mit dir zusammengekommen. Meine Gefühle waren echt.« Sie stockte. »Ich habe viel darüber nachgedacht. Hätte ich dich vor der ersten Tat kennengelernt, wäre es vielleicht nie so weit gekommen. Mit dir habe ich das erste Mal seit Timos Tod wieder so etwas wie Glück gefühlt. Wir haben uns vielleicht einfach zu spät getroffen. Nach Rasmus' Tod war es nicht mehr aufzuhalten.«

»Hmh«, machte er. Einige Sekunden wusste er nicht, ob er aussprechen sollte, was er fühlte.

»Die fünf Tage mit dir waren die schönsten meines Lebens«, sagte er schließlich kaum hörbar.

Sönke musste an den Abend ihres ersten Dates denken. Er sah sie vor seinem geistigen Auge wieder gemeinsam zu Bosses Musik tanzen. *Merkwürdig*, dachte er. In dem Musikvideo zu *Der letzte Tanz* lieferte der junge Mann seine Freundin am Ende vor den Toren des Gefängnisses ab. Was für ein Zufall. Oder hatte sie das Lied extra ausgesucht, weil sie geahnt hatte, wie alles zu Ende gehen würde? Sönke spürte das Bedürfnis, sie zu berühren. Wie gerne würde er jetzt mit ihr tanzen. Ein letzter Tanz. Aus dem Augenwinkel sah er die beiden Uniformierten herankommen.

»Jetzt, wo der Prozess vorbei ist, dürftest du mich besuchen«, sagte Jessy zaghaft.

Sönke berührte sie immer noch nicht. Er spürte, wie ihm die Tränen in die Augen schossen, und kämpfte mit einer Antwort.

Dann sagte er: »Das kann ich nicht versprechen. Leb wohl.«

Schnell drehte er sich um, ging über den Hof. Es kostete ihn all seine Kraft, dem Impuls zu widerstehen. Doch es gelang ihm.

Er drehte sich nicht noch einmal um.

ENDE

Liebe Leserinnen und Leser,

ganz herzlichen Dank, dass Sie dieses Buch gelesen haben. Ich hoffe sehr, dass ich Ihnen ein paar spannende und unterhaltsame Lesestunden bereiten konnte.

Haben Sie noch Anmerkungen? Schreiben Sie mir gerne unter:

wolf-thriller@gmx.de

Ich freue mich auf Post von Ihnen – und bin auch immer offen und dankbar für Kritik. Denn auch wenn ich schon mein ganzes Arbeitsleben mit dem Schreiben von Texten verbringe, kann und möchte ich meine Arbeit als Schriftsteller weiter verbessern. Natürlich nehme ich auch sehr gerne Lob entgegen, wenn Ihnen dieser Krimi gefallen hat. Denn seien wir ehrlich: Wir alle brauchen ab und zu auch anerkennende Worte.

Und noch eine große Bitte von mir: Einen riesigen Gefallen würden Sie mir tun, wenn Sie eine Rezension im Internet zu diesem Buch abgeben. Denn nur mit Rezensionen wird dieses Buch sichtbar und Sie helfen so anderen Lesenden einen unabhängigen Eindruck von *Meereshass – Die Toten vom Ostseegrund* zu bekommen.

Ich freue mich sehr auf den Austausch mit Ihnen!

Ihr
Silas Wolf

Danksagung

Es gibt einmal mehr sehr viele Menschen, die mich bei der Entstehung dieses Buches unterstützt haben. Ich danke ganz herzlich …

… meiner Frau, die immer meine erste Testleserin ist und deren Urteil stets ehrlich und offen ist.

… meiner Lektorin und Korrektorin Julie Roth, die mit ihren wichtigen Anmerkungen dem Charakter Sönke Petersen noch mehr Profil verliehen hat.

… Catrin Sommer von *rauschgold coverdesign*, die ein großartiges Cover für die neue Reihe entworfen hat.

… und natürlich allen Leserinnen und Lesern für Ihr Vertrauen. Ich hoffe sehr, dass Ihnen dieses Buch gefallen hat.